PRIÈRE AU LIEU

www.editions-jclattes.fr

Alice Babin

PRIÈRE AU LIEU

Roman

JC Lattès

Maquette : Fabrice Petithuguenin / Couverture : Le Petit Atelier
Photographie bandeau : © Alice Babin

ISBN : 978-2-7096-6851-4

Première édition octobre 2021

« Si on n'aimait que l'objet d'aujourd'hui et non pas encore celui d'hier, il n'y aurait rien que la stérilité du présent, ce leurre aussi, le présent. »

Marguerite DURAS

« Pourquoi restes-tu prisonnière ici ?
— Parce que c'est ma maison. »

Hiroshi TESHIGAHARA

« Ce Monde n'est pas une Conclusion
Il y a une Vie au-delà
Invisible – comme la Musique
Mais positive – comme le Son. »

Emily DICKINSON

Prologue

En décembre 1999, juste avant les vacances de Noël, la maîtresse nous prévient : à la rentrée, l'année qu'il faudra écrire au tableau aura complètement changé. Aucun chiffre ne sera plus le même. On commencera un nouveau millénaire. Sur ma chaise, je suis prise d'un vertige. L'an 2000. Tous ces ronds d'affilée. Je n'y crois pas. J'ai peur que plus rien ne soit pareil. Que la terre explose, qu'il y ait une guerre, qu'on devienne tous verts. Que l'Histoire se mette à brûler. Est-ce possible ? J'ai 6 ans.

À la même période, un samedi matin, mes parents m'emmènent visiter une maison qu'ils ont repérée depuis longtemps. Ils veulent déménager, et cette maison, ils veulent l'acheter. Il paraît qu'il y aura une cour pour les mains vertes de ma mère, *un petit bout de jardin* elle dit, elle ne parle que de ça, le petit bout de jardin, et deux salles de bains, une en haut, une en bas… Elle me prend dans ses bras et roucoule de sa petite voix : « Tu verras, une maison c'est comme un îlot, on est seul, bien au chaud ! » Je ne comprends pas. Les gens qui sont seuls, c'est ceux qui sont tristes, non ? Et puis nous sommes déjà bien. Et nous avons déjà chaud. Dans notre appartement actuel, ma chambre est magnifique car ses murs sont peints de toutes les couleurs et notre salon est suffisamment grand pour que j'y glisse à genoux sur toute la longueur.

Cela fait plusieurs semaines que j'entends parler de cette affaire. Ma mère dit que c'est *une aubaine*, *qu'il ne faut pas passer à côté*. Ils s'imaginent dedans, rêvent, en parlent au téléphone à chaque fois qu'il sonne. Et puis parfois, tout à coup, sous leurs pieds, le sol se met à trembler. Mon père pose une question, et ma mère explose : il n'est pas assez aventureux, à ton âge, t'en as pas marre d'être aussi peureux… Ah oui ? Elle veut de l'aventure ? Et bah tu vas voir… Là, revers : Mais pourquoi tu le prends comme ça… On est ensemble ou pas ? Match nul. Oui, ils sont ensemble.

Tout ça a l'air inquiétant et en même temps, je les sens très heureux. Acheter une maison, une maison à soi, et la sensation que le monde pourrait s'arrêter de tourner.

Quand ils en parlent, mes parents disent *la maison*. Comme si c'était évident, comme si cet endroit était déjà chez nous. Je n'aime pas ça. Je ne veux pas quitter chez moi, ma rue, le vendeur de bonbons qu'on prend avec une pince pour les mettre dans le sachet, la boutique d'équipements de boxe et les gens très musclés qui entrent dedans – je rêve d'essayer un jour leur protège-dents –, le concierge qui pue tous les chats qu'il a recueillis, le café à l'angle qui s'appelle *La Nouvelle Étoile* et qui, pendant les fêtes, couvre sa vitrine d'objets qui brillent… À cette époque je dois mesurer un mètre vingt-cinq. Dans mon pyjama bleu, je me demande si je comprendrais un jour les adultes un peu mieux. Par exemple cette question : pourquoi veulent-ils, tout le temps, changer ?

La maison se trouve dans une rue au nom parfaitement ridicule : rue des Rigoles. Au début ma mère pensait que ça allait me réjouir mais ça m'a fait tout le contraire. D'habitude, les rues portent les noms de grands personnages, des femmes et des hommes dont la vie est entrée dans l'Histoire. Sur les plaques, quelques lignes expliquent même leurs hauts faits. Une rue qui ne porte pas le nom d'un héros, une rue qui n'a pas de date et qui s'appelle comme une blague, je trouve ça suspect. Je m'imagine que les gens qui s'occupent de nommer les lieux l'ont oubliée, et se sont réveillés en catastrophe. « Merde, Maurice, on a oublié celle-là ! » Mais c'était l'heure de l'apéro, et Maurice n'en pouvait plus de sa journée, il voulait rentrer : « Pas besoin d'en faire tout un plat… Allez… Rigoles ! » Une rue vilain petit canard, oubliée dans le fond du placard.

Ce samedi donc, mes parents prennent leurs scooters et m'embarquent rue des Rigoles. Ma mère part devant, et moi je monte derrière mon père.

Sur la route, sous mon casque, j'essaye de comprendre et parle toute seule : *Cette histoire de maison c'est trop ! Nous ne connaissons même pas ce quartier ! Mais attends, c'est peut-être l'occasion de notre vie…* – L'occasion de notre vie, je les ai entendus dire ça alors je répète, mais je ne vois pas de quoi il s'agit. L'occasion de notre vie pour quoi ? J'appelle la banquière.

Allô madame, oui je veux bien que vous me prêtez de l'argent on vous le rendra dans vingt ans. Oui je vous jure. C'est vraiment notre rêve. Merci, puis j'enchaîne sur la décoration. *Que penses-tu du jaune pour cette pièce chéri ? Oui pourquoi pas chérie, et le salon en vert. Oui excellente idée chéri.* Dans ma tête, les couples s'appellent forcément chéri et chérie. Mais quelque chose doit certainement clocher d'ailleurs, car mes parents ne s'appellent jamais comme ça.

À chaque pause, quand le feu est rouge, je baisse la tête et me mets à chuchoter, pour ne pas me faire repérer. Dans le froid, ma voix recroquevillée fait de la buée sur la visière. Mes parents se regardent d'un air complice. Ils ne voient pas que je les observe. À ce moment-là je suis en colère mais quand j'y repense aujourd'hui, je suis émue.

La route se rétrécit et les zigzags me font sortir de ma pièce de théâtre. Je me serre contre mon père. Après avoir traversé une rue commerçante, des sens interdits visiblement pas pratiques leur font braver la loi, passer par les trottoirs, et j'ai progressivement l'impression qu'on s'enfonce dans une zone de non-droit. Presque plus de voitures. Presque personne dehors. Nous nous arrêtons pour laisser passer une dame qui traverse hors du passage clouté. Elle traîne un grand sac à carreaux visiblement trop lourd pour elle et porte un fichu sur la tête. Sous son manteau, une robe qui ressemble à une chemise de nuit dépasse et ses chaussures ont l'air de chaussons. Nous redémarrons pour quelques mètres et ma mère se gare. Nous sommes arrivés.

Je descends du scooter et regarde autour de moi. Petite, étroite, grisâtre, la rue a l'air d'une vieille bossue qui a mal partout.

Rue des Rigoles… tu parles d'une blague.

Nous nous arrêtons devant une porte en bois ornée de serpentins en fer forgé verts. Aucune porte ne ressemble à ça, pourquoi ça doit tomber sur moi ? Un monsieur avec un foulard fleuri et un blouson de moto nous attend devant. Je l'ai déjà vu chez nous, c'est un architecte. « Et voilà le maître des lieux », lance mon père en l'embrassant. Architecte. Je ne sais pas ce que ça veut dire mais c'est sûrement quelqu'un d'important. Il est immense, avec des mains qui mesurent tout mon visage, une bouche qui sourit grand. Un ogre. Sans doute pour nous défendre de cette maison qui veut nous dévorer ? Même s'il est un peu effrayant avec son pantalon en cuir et son nez qui coule façon volcan à cause du vent, ça me rassure qu'il soit là. Ar-chi-tecte ; tac-tac-tac. Un mot tendu, anguleux, on ne plaisante pas avec !

Ma mère sonne.

J'ai un peu envie de pleurer. Rien que cette porte, vraiment, ça ne va pas. Elle a ouvert à plein d'autres vies avant moi. Et elle est sale. Si on touchait entre les serpentins, le doigt ressortirait plein de poussière.

Je me retourne. Sur le trottoir d'en face, neuf tristesses de béton pointent vers le ciel, d'un blanc pire que cassé. Leurs façades n'ont pas l'air droit, on dirait qu'elles bougent, se tortillent, comme des vagues, ou un dragon prêt à cracher ses flammes. Je compte avec mes yeux. Dix étages, avec dix minuscules trous par niveau pour les fenêtres. Je crois qu'il y a des gens dedans, je vois des rideaux.

L'homme qui nous ouvre s'appelle Bruno. C'est le fils de la dame qui vit ici. Il a le teint pâle, et les cheveux bruns un peu gras. Tout le monde entre, et quand la porte se referme… ça sent l'urine. Je ravale ma grimace parce que je sais que ça ne se fait pas mais je lève la tête pour appeler le regard de ma mère. Elle ne me voit pas.

Au milieu de la pièce censée avoir l'air d'un salon, une vieille dame aux chevilles saucissonnées dans ses bas est assise comme un T devant une grosse télé. Ses pieds sont posés sur une pile de gros livres de cuisine imbibés de taches d'huile. « C'est la propriétaire, me dit-on, dit bonjour. » La propriétaire ? Je suis larguée. Quelqu'un vit déjà ici ? Mes parents s'approchent d'elle : « Bonjour madame Benadente ! » Elle ne répond pas. Pas parce qu'elle ne peut pas mais parce qu'elle ne veut pas. Ça se voit.

Autour d'elle, sur des étagères, des poupées en tissu avec lesquelles on ne peut pas jouer sont exposées sous des cloches en verre. Il doit y en avoir une cinquantaine. Elles ont la peau du soleil et portent des robes tissées. Leur sourire est cousu d'un trait, avec une petite croix pour la courbure des lèvres. Elles sont assez jolies : certaines ont des chapeaux, d'autres des ombrelles. On dirait qu'elles vivent, qu'elles veillent sur la vieille.

Depuis le salon, Bruno ouvre un petit rideau en dentelle couvert de poussière et montre le fond du jardin. « Vous voulez voir l'atelier ? C'est là où mon père travaillait parfois. Il était ferronnier. » La bâtisse est toute cassée, un arbre a forcé le sol et pousse en plein milieu. « Pour la petite histoire, c'est ici qu'il a construit la forge de la porte d'entrée, vous voyez ? »

L'ogre architecte fait les cent pas. Il marche fort, teste les toiles d'araignées. Sur sa ceinture, un mètre et des appareils que je n'ai jamais vus sont accrochés. Il en brandit un et je me dis qu'il va découvrir un vice, quelque chose qui cloche. « Taux d'humidité parfait. Quel espace ! » Au secours.

De retour dans la pièce principale, debout, en regardant partout, les adultes posent les questions qu'ils ont à poser. Et le ravalement ? « Oh ça ne vous inquiétez pas, c'est pas pour maintenant. » Madame Benadente entend tout mais ne réagit à rien. Je ne sais pas si elle le sait mais je suis plantée derrière elle. C'est là où je me sens le mieux pour l'instant. Je crois aussi que c'est ma manière de lui montrer que je ne suis pas dans leur équipe, à ceux qui veulent lui acheter sa maison alors qu'elle vit dedans.

Je regarde ses cheveux. Malgré son apparence plutôt mise de côté, Madame Benadente (je crois que son prénom est « Palmira », comme un palmier au féminin) a une coiffure étonnement bien rangée : une grosse tresse enroulée dans un chignon avec plein d'épingles. Est-ce elle qui l'a fait ?

Plus sérieusement : si nous déménageons vraiment ici, est-ce que cette dame restera là, avec nous ?

À la télé, c'est l'heure d'une pub où des petits pois avec des visages et des baskets courent dans un pré en direction d'une énorme boîte de conserve. Après, c'est le journal de 13 heures. Les infos parlent des futurs billets de banque et Madame Benadente marmonne. « *Oìs chicas, todo será igual…* » Dans sa langue, elle parle à ses poupées et raconte que l'Espagne et la France auront la même monnaie. Elle n'a pas l'air très ravi et pourtant, avec son *r* qui se roule, on entend « heureux » quand elle dit « euro ».

Ma mère m'appelle en criant depuis le haut des escaliers. Là c'est sûr, je suis repérée. Mais la vieille ne bouge toujours pas.

Tandis que je monte les marches en courant, je remarque que la rampe est exactement du même style que les trucs verts de la porte d'entrée. Sûrement une autre œuvre du père ferronnier. Je m'imagine la scène le jour où le couple a posé la nouvelle rampe. Ça leur tenait sûrement très à cœur et quand leurs amis venaient dîner, chacun avait droit à une présentation du bel objet…

La maison a deux étages. Un premier escalier qui ne grince pas, un autre où la moindre respiration fait crier les marches, et entre les deux, des fenêtres qui donnent sur les immeubles d'en face ; les blancs cassés que j'ai comptés. En les regardant, Bruno baisse la voix. Il dit que les cités sont un peu bruyantes mais qu'avec de bons rideaux, on oublie vite. *Les cités* ? Je n'ai jamais entendu ce mot mais le ton dans sa voix me fait dire qu'elles posent problème.

Le dernier étage sera la chambre de mes parents. J'ai entendu ma mère en parler plusieurs fois déjà : il y a des poutres en bois et ils adorent ça.

Plus nous montons plus il fait froid. Et plus ça sent le rance. D'un geste de la main, ma mère me fait signe de m'arrêter là, en plein milieu des escaliers. « Pas la peine d'aller jusqu'en haut, c'est encore un grenier ! » Tout à coup, un oiseau passe au-dessus de nos têtes. Sous les combles, cette « pièce » aux fenêtres toutes ouvertes fait pour l'heure office de salle de réunion pour une colonie de pigeons. L'architecte se fraie un passage, son mètre jaune tendu devant lui à la manière d'un bouclier. Pitié qu'il dise que ce n'est pas une bonne idée. Maître des lieux, pitié, dis-le.

« Y a vraiment de quoi faire. »

J'explose en sanglots et ma mère m'embrasse sur les cheveux en riant. « Mais mon poulet, ça ne sera plus pareil après ! »

Lorsque nous nous en allons, mes parents serrent la main de Bruno et disent au revoir à la vieille dame palmier, qui ne bouge toujours pas. Je la regarde. Dans ma tête, j'espère de tout mon cœur qu'elle me voit, même si elle fait comme si ça n'était pas le cas. Je m'en veux d'avoir participé à ça. D'avoir envahi sa maison.

Ça me restera pour toujours de ne pas lui avoir parlé, à Madame Benadente. Mais dans le fond, je ressens quelque chose qui me rassure un peu : l'impression qu'elle a senti ma présence et qu'elle ne me déteste pas comme les autres.

Sur le chemin du retour, toujours sous mon casque, je ferme les yeux et implore un Dieu auquel je ne crois presque pas. *Dieu, s'il te plaît* – je l'imagine comme la sculpture que mes parents ont dans leur chambre : un vieux monsieur en bois avec un air chinois – *je sais que je ne suis pas très proche de toi. Je sais que je ne te parle pas souvent. C'est que je ne suis pas sûre que tu existes… Mais là, vraiment, j'ai besoin de toi. S'il te plaît, si tu m'entends, Dieu, fais que mes parents n'achètent pas cette maison. Fais que rien ne change, Dieu, s'il te plaît. Je te promets que je serai plus présente après si tu exauces mon vœu. S'il te plaît. Merci. Amen.*

Je dis « Amen » parce que la seule personne qui dit bien connaître « Dieu » autour de moi est ma grand-mère et que, quand elle Lui parle, elle finit toujours par ce petit mot. Pour mettre toutes les chances de mon côté, je le répète, plusieurs fois, en articulant le plus possible et en appuyant très fort chaque lettre, pour que le message traverse bien le ciel : A-men. AMEN, Dieu. A-M-E-N.

Et après, plus bas encore, au cas où mon message ne serait pas passé, je convoque une autre instance suprême, sortie d'on ne sait où, si ce n'est de l'âme humaine : *Faites que ça marche.*

Automne

Vingt ans plus tard. Je suis architecte.

Diplômée d'une grande école, j'ai ma HMONP – l'habilitation à exercer la maîtrise d'œuvre en mon nom propre. J'ai fait tout ça assez vite, après le bac, sûre de moi, passionnée et appliquée, mais aujourd'hui, quand on me demande ce que je fais, je suis gênée. Gênée de m'entendre dire, avec le verbe être, comme ça, *je suis architecte*. Des images m'arrivent, je projette des choses, et ça me fait comme des mauvais frissons. Un malaise.

Il y a six mois, j'ai commencé à aider une amie de mes parents à écrire l'histoire de sa famille. Suzanne est une vieille copine. Avec ma mère, elles se sont rencontrées à l'époque de leur premier boulot, dans un collège. Suzanne était dans l'administration, et ma mère commençait sa carrière de professeure de français.

Quand j'étais petite, Suzanne faisait toujours partie du paysage. Elle passait boire le thé le samedi après-midi et restait finalement jusqu'à minuit. Elles sortaient fumer leurs cigarettes et s'entraidaient dans les dossiers à mener contre le rectorat. Mon père l'aimait bien ; ils se ressemblaient pas mal. Suzanne était drôle, un peu cynique comme lui et surtout, elle ne faisait pas de manières. Mon père pouvait lui faire toutes les blagues qu'il voulait, ça ne la piquait jamais. Après le dîner, il arrivait par exemple que Suzanne se lève pour faire la vaisselle. Ma mère lui disait d'arrêter, qu'elle la ferait après, reprends donc plutôt de la crème brûlée, et là pour plaisanter mon père lançait que c'était quand même la moindre des choses que Suzanne lave les assiettes. « Avec tout ce qu'elle bouffe ! »

Parfois, Suzanne nous invitait aussi chez elle. Célibataire, mère d'un garçon unique, Paul, aujourd'hui engagé dans l'armée, elle vivait seule dans un appartement d'une grande tour moderne, près de la gare Montparnasse. J'aimais bien venir dîner chez elle le samedi soir. Ses murs étaient recouverts de tapis, ça sentait bon l'encens et en attendant le dessert, je me planquais dans sa chambre pour essayer ses chapeaux, ses rouges à lèvres violets que ma mère n'aurait jamais achetés, et son parfum très fort qui se vaporisait avec une poire, comme les comtesses anglaises dans les films. Parfois, je m'endormais toute fardée sur le canapé et mes parents venaient me chercher le lendemain. Le matin, quand il n'était pas encore parti pour ses entraînements de je ne sais plus quel sport, je mangeais des tartines avec Paul, jamais très causant mais sympa quand même. Suzanne essayait de le remuer, lui proposait des cinés, mais il avait toujours mieux à faire. Quand il partait et qu'on entendait la porte claquer, Suzanne soupirait : « Il est triste comme un jour sans pain celui-là... » Du coup, c'était souvent moi qu'elle emmenait au ciné. *Ça te branche de venir avec moi ma perle ?*

Je crois que Suzanne connaissait tout de notre vie. Un peu moins nous de la sienne mais ça lui allait bien. Suzanne était sauvage, je l'adorais, et j'adorais que les amis soient comme de la famille.

Quand mes parents se sont séparés, j'avais 12 ans. Comme il n'y avait plus de famille, il n'y avait plus de place pour ses amis. Quand elle venait à la maison, Suzanne ne savait plus où se mettre. Ma mère lui parlait de mon père, la cuisinait en lui demandant de ses nouvelles, et petit à petit, les visites et les coups de fils avaient fini par s'espacer. Sans s'expliquer, l'équilibre s'était brisé. En plus, à ce moment-là, ma mère avait été mutée dans un nouveau lycée.

Suzanne me manquait énormément alors un jour, j'avais recopié son numéro dans un petit cahier et je l'avais appelée, avec le fixe, en secret. J'avais pris le métro seule un mercredi et je l'avais rejointe à la Grande Roue. Cet après-midi-là, je lui avais dit que l'ambiance était déjà assez pourrie pour qu'en plus elle disparaisse de ma vie. Est-ce qu'on pouvait rester amie ? En rentrant j'avais tout dit à ma mère. Elle comprenait. À elle aussi Suzanne manquait, mais les souvenirs l'empêchaient d'avancer alors elle préférait s'en séparer.

Grâce à mon premier portable, un jaune avec clapet que mon père m'avait acheté pour se parler sans passer par ma mère, nous avions multiplié les virées : cinés, goûters, shopping et visites au musée. Suzanne était pour moi une sœur un peu vieille, une marraine, une fée des temps passés sur qui je pouvais toujours compter.

Il y a deux ans, à la mort de son père, Suzanne s'était retrouvée avec une maison de famille sur les bras. Et des lettres, des photos, des courriers, des draps brodés, un rosier planté devant l'entrée, un mot gravé sur un galet et des bouteilles transformées en lampes de chevet. Autant d'objets sur lesquels elle ne s'était jamais arrêtée. Autant de temps qu'elle n'avait pas vu passer et qui, un jour, c'était évident, disparaîtrait. Quand elle s'y était rendue pour la première fois, toute seule, sans plus personne pour faire diversion, ça avait été plus fort qu'elle : les quelques jours qu'elle y avait passés l'avaient propulsée tout droit vers la mort. Si elle se contentait de jeter, donner, trier, tout n'aurait servi à rien.

Alors Suzanne, désormais retraitée, avait lâché son appartement parisien et s'était installée là, en Bretagne, seule. Elle voulait tout fouiller, tout graver. « En fait c'est ça résister », m'avait-elle dit un jour au téléphone, au début de son aventure. L'ennui, c'est qu'avec ses vieux yeux, elle ne pouvait plus bien lire et écrire la fatiguait. Elle avait l'impression qu'elle ne verrait jamais le bout. Que malgré ses efforts, la mort emporterait tout.

À cette période, je venais de finir l'école et mon stage de fin d'études m'avait écœurée. Pendant un an, j'avais servi des clients ne rêvant que d'investir. Des particuliers qui, aidés par mes plans, faisaient flamber les prix de l'immobilier en mettant leurs apparts à louer.

Du neuf, du mieux, du plus, allez, on continue, on rajoute, on surélève, encore, J'EN-VEUX-EN-CORE ! Est-ce qu'on peut mettre d'autres chiottes en haut ? Une chiotte en haut une chiotte en bas, C'EST PLUS VENDEUR NON ? Ils ne se souciaient pas d'habiter. Et en plus ils étaient pressés.

Pile à ce moment, Suzanne avait téléphoné. « Je n'y arrive pas toute seule, alors voilà ce que je te propose : je te paye et tu viens quand tu peux, le maximum que tu peux. Comme un vrai job. On explore, je raconte, et toi tu écris. Ça commence quand tu veux, moi j'y suis. » J'étais partie. Travailler sur de l'existant, faire des plans sur hier pour mieux aimer demain, mettre des mots et bricoler avec ce qu'on sait, et aussi ce qu'on saura jamais. Reconstruire ce que la vie a fait passer trop vite. Finalement, je m'étais dit, c'était un peu de l'architecture aussi. Mais pour le déjà là.

Depuis, je rends visite à Suzanne une fois par mois et passe une semaine avec elle, dans sa maison. Je suis partie ce matin de la gare

Automne

Montparnasse. Porte à porte, le trajet fait : quarante minutes de bus, deux heures trente-six de train, quarante minutes de bateau, dix minutes de voiture.

Comme à chaque fois sur le bateau, j'ai le mal de mer. Ou plutôt je suis effrayée à l'idée de l'avoir. Il paraît « qu'on l'a ou qu'on l'a pas », le mal de mer. Que c'est comme d'être droitier ou gaucher.

Lorsque la navette quitte le quai, j'entre dans une sorte de transe. La vie se décompose, tout devient de l'air, et je me concentre sur ma respiration et sur l'horizon.

Je m'installe toujours au deuxième étage, dehors, sur le pont et sur l'un des bancs blancs. De là, je fixe la fausse ligne bleu foncé qui sépare le ciel de la mer. Les gens peuvent hurler autour de moi, la pluie peut tomber, je demeure immobile, avalant à peine ma salive, mes cheveux restant les seuls morceaux de mon corps à réagir à ce qui m'entoure. Le vent. Pause. Suspendue.

Finalement, je ne sais pas si je l'ai ou pas, le mal de mer, tant je suis chaque fois concentrée à essayer de disparaître.

Aujourd'hui, la transe n'arrive pas à se mettre en place. L'épais brouillard m'empêche de capter la ligne au bout du monde et, à côté, des enfants en cirés jaunes dansent dans tous les sens. Ils essayent de reproduire le bal final de *Titanic*. « Fais la valse ! Allez fais la valse Hugo ! » Mais Hugo, 6 ou 7 ans, n'en a rien à faire. Il n'a probablement jamais vu le film et ne sait pas ce qu'est une valse, alors il se contente d'hurler très fort qu'il est le capitaine, poing levé vers le ciel gris. « Mais Hugoooo ! Allez ! Tu dois mettre tes mains ici, regarde ! Allez, valse ! » C'est les vacances scolaires.

La nausée va arriver, ce n'est pas possible autrement.

Pour couper court, j'essaye autre chose. Comme pendant une insomnie : arrêter d'essayer de dormir. Tel un automate, sans perdre l'équilibre, je me lève et descends les marches du pont jusqu'à la salle couverte, à l'avant du bateau. Je m'écroule sur le premier siège libre et me concentre sur les dessins jaunes et bleus qui recouvrent les dossiers devant moi. Il y en a plein. Des traits imprimés à écarts égaux. Je commence à les compter puis m'arrête en cherchant ce qu'ils peuvent bien représenter. Pour m'endormir, ça m'aide de tout décrire.

Ce sont des vagues un peu ratées, créées à la chaîne par un logiciel. Ou une carte blanche donné à un artiste du village d'enfance du fournisseur des sièges, un gars envers qui il avait une dette. Ou alors ce sont les motifs les moins chers que l'entreprise ait trouvés, oui, voilà, à l'époque où on était encore en francs. Combien de semelles se sont-elles appuyées contre ce dossier ? Combien de billes de goudron décollées, de morceaux de terre, de grains de sable et de molécules de chewing-gum se sont-ils frottés contre ce revêtement ? Les chaussures de milliers de familles, de milliers de vies, de milliers de samedis. Des gens chez qui on se déchausse en entrant et où chacun a sa paire de chaussons qui l'attend, et d'autres où les chaussures entrent sans encombre dans la salle de bains. Tant de pieds… tant d'histoires transportées.

Je me réveille brusquement, le cou tordu sur l'accoudoir et un trait de bave au coin de la bouche. Derrière moi, une voix part dans les aigus. « Non ! Nooooon je suis désolée mais je ne vais pas payer 40 euros par mois pour un forfait limité, NON ! » Une jeune femme règle ses comptes avec son opérateur avant d'arriver sur la terre ferme. « Autour de moi tout le monde est en illimité et moi je galère avec vos vieilles options. C'est quand la fin de mon engagement ? Ah. Oui j'aimerais un geste de votre part, oui, un geste commercial. Oui. Non, DELIVOT avec un T comme du thé. Oui. Esther. 77 rue des Rigoles, 75… »

Mon cœur se serre. « Excusez-moi mais là je vais descendre d'un bateau donc il faudrait que vous me rappeliez. » La sirène retentit. « Bah je sais pas… demain ? C'est possible ? Merci. Vous n'allez pas oublier ? Non mais parce que sinon c'est simple, je vais chez le concurrent. » Mes battements s'accélèrent. Ai-je bien entendu ? Je me dis que je dors peut-être encore. J'étire mes yeux, j'étire ma peau pour me réveiller pour de vrai, mais tout reste là. Les gens commencent à se lever. La voix criarde a cessé mais ses pieds s'agitent sous son siège : Des baskets hautes formes, modèle années 80 donc dernier cri. 100 % parisien.

Ça me brûle. Dans le ventre, dans la gorge. Mon visage a chaud. Mes oreilles flambent.

Je me retourne lourdement pour essayer de voir entre les deux sièges. Une blonde avec des mèches hyper oxydées, presque blanches. « Rue des Rigoles. » Je ne l'avais jamais entendu dans une bouche d'inconnu. 77. La porte marron avec les boîtes aux lettres. Dix numéros d'écart. Je me déplace encore de quelques centimètres et reste là à la regarder. Bloquée. Sidérée.

La sirène du bateau retentit une deuxième fois et plus longtemps. On est arrivé.

Je me sens en coton. Avec en plus un goût de trahison. La même sensation qu'en rencontrant la nouvelle d'un ancien aimé : quelqu'un d'autre, désormais, sait. Goûte. Connaît la position de ses grains de beauté. Fin de l'exclusivité.

« Rigoles. » Le mot est en boucle dans ma tête. Il crie. Tourne à la manière dont la fille l'a prononcé et m'apparaît tout à coup appartenir à une langue étrangère : une langue sans secret. Sans souvenir. Avec rien d'autre que des règles, froides, grammaticales. « 77, rue des Rigoles. » Je n'ai pas aimé sa manière de dire le « ol », la bouche ouverte, la langue molle. On ne le disait jamais comme ça, nous.

Je recherche en moi comment je le disais, la bonne manière, l'accent familier, quotidien, si sereinement banal, mais je ne trouve pas. Je me lève, attrape mon sac et suis la foule. Je répète dans ma tête. Rue des Rigoles, rue des Rigoles, Rigoles, les Rigoles, Rigoles putain ! Mais rien ne vient. Le mot roule bêtement sur ma langue, comme si rien n'avait jamais été. Cela fait si longtemps. J'ai soudainement l'impression que la rue n'est plus du tout celle que j'ai connue. Qu'elle a perdu tout son spécial. Tout son précieux. Qu'elle est devenue quelconque.

Suzanne me voit tout de suite. Elle fait des grands gestes avec ses bras : « Passe par derrière ! Je me suis garée le long de la citadelle ! » Suzanne a soixante et onze ans mais en paraît cent de moins, la peau lisse et dorée, des yeux bleus qui ne voient plus qu'un peu et des cheveux gris frisés. Les aisselles pas épilées. La poitrine lourde et qui tombe, mais qu'elle porte sans rien. Suzanne est très belle.

Je fais le tour du quai et enjambe la barrière de sécurité.

J'ai des sanglots qui s'étouffent, une douleur aiguë qui me perce jusqu'aux yeux. Mais je pense : Allez, souris.

Dans la Renault 5 de Suzanne, je ne dis rien. La tête tendue comme une girafe vers le pare-brise, elle m'explique qu'elle veut qu'on trouve quand le prunier a été planté. Est-ce que les Allemands en ont profité quand ils sont passés. Certaines maisons ont été vidées, pillées pendant la guerre, et la famille de Suzanne a toujours pensé que leur maison avait été occupée.

Aussi, la médiathèque a répondu : ils ont bien l'enregistrement du maire qui décerne la médaille d'honneur à son père ; mais ils sont fermés le lundi. On ira donc mardi.

Suzanne conduit vite et pas droit. Je n'écoute plus. Je suis en colère. Une bouche inconnue s'est appropriée l'endroit le plus important de ma vie et l'a dévoré. « Ri-gohlh »... Je l'entends encore le dire.

Je suis partie trop vite et trop fort de la rue des Rigoles. Un jour, pendant l'été, ma mère en a eu assez des souvenirs. Stop. Repartir à zéro. Elle a mis la maison en vente, et a commencé les cartons. La maison est partie très vite, pour très cher ; une famille avec enfants que j'ai fait en sorte de ne jamais rencontrer. Depuis notre arrivée, l'immobilier du quartier avait explosé. Quand elle parle de la vente, aujourd'hui, ma mère a toujours le même air ahuri : « C'est effrayant… On a fait fois dix… » À l'entendre, on dirait qu'elle a participé, malgré elle, à un crime organisé.

J'avais 19 ans quand j'ai laissé la clé sur le muret de l'entrée, et après, après, je ne suis plus jamais revenue.

Les maisons colorées défilent à travers la vitre, on dirait des bonbons, et les valises des passagers qui rentrent à pied débordent des trottoirs, tombent, remontent, on dirait un film d'animation. Le vent n'a pas encore fait son grand ménage. Il y a des feuilles mortes partout et les caniveaux sont pleins de boue.

Mon regard se concentre sur une aile d'insecte écrasé contre le rétroviseur. L'horizon n'est plus que ce point noir, net. En me concentrant bien, le point fait des formes. Il est un continent, puis un chapeau, puis un oiseau. La voiture qui tourne, c'est l'oiseau qui s'envole.

Il y avait des mouettes rue des Rigoles. Surtout le week-end : elles venaient faire leur marché le dimanche. Elles criaient, tirant leur Caddie et s'agaçant de la montée des prix. Elles criaient tellement fort que, parfois, leurs cris me réveillaient.

« Merde ! Tu peux pas regarder devant toi ? » Coup de frein brutal. Une demoiselle montre le passage piéton d'une main déchaînée, yeux furieux. Je me rue sur mon siège. C'est celle du bateau. Esther Delivot. « Regarde moi ça, avec ses écouteurs dans les oreilles. Oui, oui, allez, avance maintenant. T'es pas morte… » Suzanne est furax mais en réalité c'est de sa faute. Elle a failli l'écraser. « Troussée comme l'as de pique en prime. J'te jure… » Esther rejoint le trottoir en parlant dans ses écouteurs. Sous son gros manteau pas fermé, elle porte un sweat rose saumon siglé *J'peux pas j'ai Belle-Île*. Pour se défendre, Suzanne me dit qu'il n'y en avait pas de passage piéton avant, et que les piétons passaient quand même. Je me déride. Elle me fait rire, bloquée dans son temps, bloquée dans ce qu'elle aimerait voir durer tout le temps. On est arrivées.

Sur le portail de la maison de Suzanne, sur un petit panneau en bois, il a été écrit *Lieu-dit*, avec rien à côté. Ce n'est pas que la suite s'est effacée, c'est qu'il n'y a jamais rien eu. Quand j'étais petite, cette expression me fascinait. Je pensais que les lieux-dits s'étaient eux-mêmes nommés, qu'ils s'étaient eux-mêmes dits, et que voilà, magie : lieu-dit Les Hortensias, La Bergerie,

L'Étang Fleuri… etc. Ça voulait dire que les lieux étaient vivants, qu'ils se réunissaient quand tout le monde dormait et qu'à travers leurs pierres, ils parlaient. Peut-être même qu'ils dansaient. J'ai toujours trouvé ça triste que le panneau d'ici ne soit pas fini. Comme si cet endroit était mort à demi.

« On va s'y mettre tout de suite, ma perle. J'ai des trucs que je ne veux pas oublier et si on ne le fait pas maintenant ils vont me passer. Ça m'a pris la tête la nuit dernière… » *Ma perle.*

Je dépose mes affaires dans la chambre que j'occupe à chaque fois, celle des parents de Suzanne avant, et passe dans la salle de bains me mettre de l'eau sur le visage. Assise sur le lit, je tâche de faire l'inventaire de ce qu'on pourrait faire, mais rien ne vient. Je n'ai pas envie d'être là. Pas envie de m'occuper de ses affaires.

Le sommier grince quand je tourne la tête vers la fenêtre. Ça sent le renfermé. D'habitude, cet univers qui n'est pas le mien me plaît, me touche. Mais aujourd'hui le papier peint est plus gris et les livres d'auteurs français dont je n'ai jamais entendu parler plus inconnus encore. Qu'est-ce que je fous là ?

Suzanne appelle. Elle a fait du thé. « On y va ? » Dehors, le ciel a commencé à s'éteindre. J'ai envie de retrouver ma vie. J'enfile un pull. « J'arrive ! »

Elle dicte et j'écris. C'est toujours comme ça que nous procédons.

Ce qu'elle raconte est oralisé, des idées qui se bousculent, et il y a quelque chose d'un peu fou, une frénésie dans sa manière de parler. Comme des papillons qu'on aurait enfermés dans une boîte. Pendant des années. Ils se seraient tapé les ailes contre les parois, peut-être même qu'ils se seraient blessés, mais un jour on ouvre, et le premier dehors a gagné.

J'ai toujours vu mon père rentrer des courses avec des paquets de pastilles Vichy ; des stipitchis, c'était ça qu'il disait. Et aussi des Carambar. Ma mère hurlait : Antoine tu gaspilles l'argent ! Ça faisait des scènes pas possibles.

Un jour papa en a eu assez de se faire emmerder. Dans une boîte en métal, une boîte qui servait à ranger la farine je crois, il a caché les bonbons qu'il ramenait et m'a proposé de la garder entre mon sommier et mon matelas. C'était notre secret. Il montait pour en manger et on se marrait. Ça a duré des années et ma mère… Je crois qu'elle l'a jamais su. En fait regarde, la boîte est toujours là : près de l'évier. C'est celle dans laquelle on range les éponges, aujourd'hui elle est toute rouillée. Je ne regarde pas, j'écris sans savoir si cette phrase fait partie de l'histoire ou pas.

Tout cela peut paraître un peu futile mais pour Suzanne c'est très important. Et je crois que je la comprends.

« Alors. Le prunier reine-claude. Mets des tirets parce que là je ne suis pas sûre de moi. On va juste commencer par lister. »

– Années 30, c'est le plus gros prunier de l'île, les voisins n'en reviennent pas.

– Ma mère en fait une cinquantaine de pots de confiture par an.

– À leur retour de Paris, fin 44, la cabane où ma mère stocke les pots est entièrement vidée. C'est resté une blague : est-ce que les boches se sont gavés ?

Sur le clavier, la tête baissée, mes mains glissent sur les mots de Suzanne. Son histoire file mais je ne retiens rien. Je pense aux Rigoles. Je pense que la rue des Rigoles est devenue une rue comme une autre. Une rue qu'on voit sur un plan et qu'on traverse pour gagner du temps.

J'imagine les pieds se poser sur les trottoirs. Waze conseiller de plutôt passer par là. Tout ces gens qui ne savent pas. J'ai un frisson. Suzanne s'est levée. La nuit est tombée.

Pour le dîner, Suzanne dit que nous finirons les restes. Nous irons au marché demain ; la fille des poulets sera là. « Finir les restes. » Haut-le-cœur ; l'expression me ramène ailleurs. Je revois les petits ramequins en verre de chez ma grand-mère, avec les aliments qui sèchent au fond du Frigidaire. Ma grand-mère, celle qui disait « Amen ». C'était en Bretagne aussi, quand j'étais petite. À la pointe du Finistère.

Là-bas, il y avait des expressions que je n'aimais pas : « mettre un chandail », « esquinter la voiture », « finir les restes ». Ces mots que disait ma grand-mère me faisaient grincer. Quand je demandais « qu'est-ce qu'on mange ? », elle me reprenait : « Qu'est-ce qu'on déjeune, ou qu'est-ce qu'on dîne ! *Manger* c'est pour les cochons ! »

Bien sûr, je savais que j'en faisais partie, que cette langue compliquée, toute pleine d'un savant respect, c'était moi aussi. Mais je n'en voulais pas. Quand ma grand-mère parlait comme ça, j'avais envie d'exploser. C'est que ce parler compliqué, cette manie de prévoir demain avec le quart d'un morceau d'oignon cuit et déjà jauni contrastait trop avec les Rigoles où je vivais tout le reste de l'année. Là-bas, c'était comme si les principes n'existaient pas. Comme si demain aurait forcément l'air de rien. Une expression bien connue exprimait d'ailleurs cette nonchalance assumée : « D't'façon, j'men bats les couilles. » Tous mes amis le disaient et parfois, je le disais aussi.

Alors chaque été, au début des vacances et à la fin, des Rigoles à ma grand-mère puis de ma grand-mère aux Rigoles, c'était toujours le même conflit. Quel côté garder ? Quels mots choisir pour ne pas trahir ? Chandail, ou ta mère en string ? Est-ce que je pouvais dire les deux ?

La rue des Rigoles était très différente d'un trottoir à l'autre.

D'un côté, les gens habitaient des immeubles bas ou des maisons individuelles avec cour, comme la mienne. On disait « petits pavillons ». De l'autre, ils vivaient dans de grands ensembles rassemblés comme un village Lego. On disait « cités ».

Les habitants d'un trottoir traversaient assez peu jusqu'à l'autre.

Je me suis réveillée l'esprit lourd et les idées loin. Je n'ai plus envie d'être ici. Le vent breton m'agace, ce grand vantard qui fonce et se fout de tout.

Je suis là-bas.

Depuis la fille du bateau et depuis toujours.

Ça me brûle les paupières, l'envie de pleurer.

Le marché est quasiment vide mais il y a la queue chez Régine Boucher. Le ciel annonce la couleur d'une triste éternité. Ici les gens ne sont pas surpris : Tout le monde est habillé pour ne pas se mouiller.

Ils sont quatre commerçants en cette période de l'année, plus celui qui vend toujours ses machines à couper. En triangle, en rondelle, en râpé, avec une voix de dresseur de tigres, il promet l'impossible à une courgette et y arrive.

Sa présence intrigue les passants mais il prend si bien sa place que finalement, quelqu'un finit toujours par s'arrêter, attendant la fin de la démonstration pour acheter un outil dont il ne se servira jamais. C'est peu mais cela lui suffit sûrement : quelqu'un qui s'arrête pour l'écouter.

Suzanne achète un poulet qu'elle fera cuire elle-même.

« Et des patates ? Ou juste une salade ça suffira ? » Ce que tu veux Suzanne. J'ai envie de lui dire que je veux partir.

Une mobylette se gare. C'est le facteur. À chaque fois qu'il s'arrête et pose sa bécane sur sa béquille, son coffre de livraison tape. Tatam. Ce bruit. C'est le bruit des parties de cartes des gars de la rue. Place des Rigoles, le soir, devant le centre de bronzage désaffecté, ils profitaient d'un scooter garé pour jouer aux cartes. Le cul du scooter comme table. À chaque gros coup, le caisson tremblait et les cafés se renversaient. Souvent ils jouaient de l'argent, et parfois c'était juste comme ça. « Wesh, bien ? » quand je rentrais tard le soir. « Bien, merci. »

Elle a aussi pris une fougasse à la boulangerie et nous nous installons à la terrasse du café qui porte le nom de tous les cafés : *Les Deux Amis*.

Dans le journal local, un atelier citrouilles pour préparer Halloween, la fermeture exceptionnelle de la bibliothèque Sainte-Marguerite, et le portrait d'un pêcheur du coin.

J'ouvre le bal :

« Alors, tu voulais qu'on s'occupe des arbres fruitiers aujourd'hui ? »

« Allez… arrête ça. Dis-moi. »

« Quoi ? »

« Ce qui te tracasse. »

Tracasser : un autre mot qui me fait frissonner. Celui-là aussi, ma grand-mère le disait.

Devant nous, un homme est en train de nettoyer le pont de son bateau amarré sur le port. Son chien est allongé sur le quai et attend que ça se passe. Avec un bout de vieille chemise à carreaux, il passe méticuleusement dans chaque recoin. Il est 11 heures et la fin de cette journée me paraît infiniment loin. J'ai l'impression de la trahir, de la laisser toute seule à souffrir, mais il faut lui dire.

« C'est tout ce que tu fais, Suzanne, ce que tu as commencé en venant ici. Je crois qu'au fond, ça me travaille pour moi aussi. »

Il y a un silence, puis :

« Ah… ! Qu'est-ce tu veux, on est pleines de sensibleries à la con. »

« Y a de ça. » Puis : « La jeune fille que t'as failli écraser hier, tu sais ? Elle habite rue des Rigoles. »

« La pimbêche du passage piéton ? »

« Oui. Ça m'a foutu un coup. Elle était si étrangère. Si… d'aujourd'hui. C'est con, tu vois, mais je n'avais jamais pensé que la vie des Rigoles continuerait après moi. »

Il y a un silence puis je reprends : « Je ne suis pas dedans Suzanne. Je reviendrai, mais là ça ne sert à rien. Tu comprendrais si je rentrais ? »

En fait, le monsieur d'en face n'aura jamais fini de nettoyer son bateau. Car une fois que le pont brillera, il y aura autre chose, et autre chose encore. Ce n'est pas pour être utile qu'il fait ça. C'est sa vie qu'il remplit, qu'il investit, un morceau de sens auquel il s'accroche. Tout le monde fait ça. Suzanne fait ça.

J'ai envie de faire ça.

Pendant qu'elle remue lentement son café devenu froid, Suzanne regarde elle aussi le monsieur sur son bateau. Et puis elle dit :

« Bien sûr ma perle. Tu as raison. »

Nous sommes rentrées à la maison. Suzanne prépare le déjeuner. Je la regarde s'agiter et ça me fait penser : parfois, quand nous travaillons ensemble à écrire son histoire, Suzanne a une idée qu'elle juge importante et dit : « Ça, ça devrait être dedans ! » Comme si ce qu'elle écrivait était un grand chaudron dans lequel elle jetait des ingrédients. Si la vie était une pièce de maison, elle serait sûrement une cuisine.

En attendant que ce soit cuit, je relis le passage de la veille pour corriger les fautes, mettre la ponctuation et sauter à la ligne quand il faut. Il y a des chapitres, le récit est chronologique, mais tout se dessine au fur et à mesure de nos trouvailles et des souvenirs de Suzanne. Souvent nous écrivons une partie que je raccroche au reste plus tard, parce qu'elle a peur d'oublier et qu'elle veut la raconter maintenant, et puis on reprend. Souvent, aussi, Suzanne raconte des trucs que je crois qu'elle invente. J'y ai réfléchi plusieurs fois, surtout au début, par souci de précision, et finalement, je me suis dit que ce n'était pas grave. Même les mensonges comptent. Tout est vrai parce que tout est là.

Le prochain bateau est à 17 heures. Dehors le soleil a enfin percé mais il est blanc.

Le poulet est plus fondant que jamais. Suzanne lui a mis un petit-suisse à l'intérieur, du beurre salé entre les cuisses, du sucre pour le faire caraméliser, et un bouillon cube qu'elle a fait fondre pour l'hydrater. Inondez de vin blanc, laissez cuire une heure trente à basse température, installez-vous, c'est prêt, c'est délicieux, vous êtes heureux.

Le temps, la vie ici loin de Paris, les voisins… Nous dévorons en bavardant. Des sujets dont on parle quand on ne veut penser à rien. Le gras coule sur nos mentons et Suzanne se sauce elle-même avec du pain. Nous rions. En dessert il y a les dernières prunes du jardin, celles qui obsèdent tant Suzanne. J'en profite pour plaisanter : « Oh pitié pas encore ton prunier… » Suzanne me traite de voyouse. « Elles t'entretiennent mes conneries ! » Je réponds que c'est vrai, et que j'espère qu'elle ne m'en veut pas de partir. « C'est ma faute, j'aurais dû te faire signer un C.D.I.… » Elle dit ça en séparant bien les trois lettres, C. D. I., l'expression l'amuse.

Après le repas, nous allons marcher jusqu'à la Pointe. Ce n'est pas très loin mais le trajet est en pente alors, ça fait son petit effet. Alors que ça ne nous arrive jamais, nous reparlons des Rigoles, du passé. C'est si bon d'avoir près de moi quelqu'un qui connaît cet endroit. « C'est vrai que tu l'aimais bien ta rue... », dit Suzanne. « Je voyais bien. Moi je venais en invitée mais toi, tu la parcourais comme si elle t'appartenait... » Je crois que Suzanne ne sait pas grand-chose de la rue que j'ai connue. Je veux dire, de l'ambiance et des gens qui y vivaient. Mais elle a l'air de sentir, comme d'habitude.

Avec une pointe de nostalgie qu'elle ne s'octroie pas souvent, Suzanne parle de « cette petite famille que nous nous étions construite » et là il ne s'agit plus de la rue mais du 87, précisément, de ce que cette maison représentait pour elle qui était si souvent seule.

On est tous quelqu'un pour l'autre.

Suzanne s'assoit sur un banc en pierre qui longe le chemin, face à la mer. À nous deux, sur la plage, nous me faisons penser à des morceaux de bois d'un navire échoué. Pas du genre rafiot pourri, hein. Un grand voilier, dont la coque porte encore les secrets. Un bateau d'aventures, fort de ses routes passées.

D'un coup, je me déshabille et cours vers l'eau. Suzanne me regarde faire et dit que je suis cinglée. Alors que je plonge, je l'entends hurler : « Mais l'eau est à 12 degrés !!! » Il fait aussi froid dehors que dedans et il n'y a rien de plus revigorant.

Sur la route pour prendre le bateau, dans la vieille Renault, pour la première fois, je n'ai pas les mains moites en pensant à la traversée. Nous nous prenons dans les bras mais rapidement ; Suzanne n'aime pas beaucoup montrer ses sentiments. Elle n'éteint même pas son moteur. Les tapes dans le dos qu'elle me donne résonnent jusque dans ma voix et elle finit par me dire : « Bon, et tu sais, *ce que j'ai commencé* comme tu dis, c'est des histoires qu'on se raconte. Des trucs qui deviennent importants parce qu'on l'a décidé. Si tu veux que ça compte, dis que ça compte ! Dis-le, et voilà, ça comptera. »

Je fais oui avec ma tête, comme un soldat. Ce qu'elle vient de me dire m'apparaît être un mantra. La recette que tout le monde cherche, en fait, pour être heureux. En partant, je lui dis de faire attention sur la route, que les panneaux ne sont pas faits pour les chiens. Le frein à main déjà desserré, Suzanne répond : « C'est pour ça que je préfère les chiens ! »

De toute façon, nous nous appellerons.

Tah, tah, tah, tah, lancé, loupé. Il est bientôt 13 heures. Issa n'arrivait plus à dormir alors il a enfilé son short, ses baskets et il est parti. Sur le terrain, à cette heure-ci, il est seul.

Tah, tah, tah, tah, tah, lancé, touché mais encore loupé. Issa ne cherche pas à s'épuiser, il ne cherche pas à transpirer, juste à la mettre dans le panier. La balle. Qu'elle se fasse dévorer. Droit, parallèle à l'arceau dont le filet s'est envolé, il dribble, s'écarte, revient et retire. Encore rien. Ça peut durer des heures. Il est calme, précis, appliqué.

Il cherche la sensation du ballon qui glisse, rond, dans son filet. Quand il y arrive, ça lui fait comme s'il soufflait. Comme si le point emportait toutes ses pensées.

Au bout de quatre tentatives ratées, Issa s'en va dribbler plus loin, le regard fixé sur le ballon, la balle, rien qu'elle, et sa main qui l'emporte. Il est fatigué. Rentré tard chez lui cette nuit, réveillé tôt car sa mère a crié, finalement rendormi… Coaltar total.

Quand il s'éloigne du panneau, on croirait qu'il va méditer. Qu'il chuchote des secrets à une fiancée, *allez, viens, on va danser…* Sourcils froncés. Il ne se pose pas la question de pourquoi il a besoin de ça. Il sait que c'est un ensemble, un quotidien et voilà, la flemme des réflexions. Il veut la mettre dedans.

Allez… Tah, tah, tah, tah, tah, tah, tah : accélère, fléchit, saute, bras anglé à 90 degrés. Elle y est. Putain. La balle retombe comme rien, rebondit, rebondit… Issa, lui, est déjà parti, secoue les épaules, étire ses mains. Ça fait du bien.

Assis sur une marche des escaliers, il regarde l'heure qu'il est. Son portable est branché sur des sons qu'il n'entendait pas à cause du ballon.

Prière au lieu

On connaît tous les vices pour que nos poches se remplissent
Pas de pitié, dans le quartier, gros tu connais la devise

Le clip défile sans qu'il regarde. Il connaît.

Jambes écartées, tête baissée, Issa respire. Ce n'est que le début de la journée et il n'a déjà pas envie de la passer. Ce soir ça sera dans la rue, attendre, canettes, blagounettes, l'ennui, aussi. Ils se mettront dans une voiture parce qu'il commence à faire froid. La flemme j'te dis. La flemme de voir cette journée.

Son téléphone sonne. C'est le collège de sa petite sœur. Elle a de la fièvre, rien de grave mais est-ce qu'il pourrait passer la chercher ? Elle l'attend à l'infirmerie. Il aimerait bien être occupé. Devoir faire jongler son agenda, calculer. « Aïe… Ça m'arrange pas là… Attendez… » Mais il n'a rien à faire et le collège est à deux rues. « Pas de problème. J'arrive. »

Issa se lève. Les mains posées sur les hanches, il s'étire le dos, ça craque, regarde le ciel la tête à l'envers, et s'en va.

J'ai déballé mes affaires, fait tourner une machine, me suis lavé les dents. En pyjama, je fais les cent pas à la recherche, frénétiquement, d'une dernière chose à faire. Ticket de métro usagé, livre contre le mur mal calé, tirer celui du dessous, enrouler le câble du chargeur, lisser le plaid du canapé, redresser une photo au mur, aligner les chaises, et les pensées.

En face, la *Crêperie – Kebab – Waffle – Chicha – Café – Panini* diffuse un match en replay. Il y a du monde et j'entends les commentaires. Cette boutique laisse toujours sa porte ouverte.

Le tapis mal mis, une miette par terre, couper la tige de la bougie, remplir un verre d'eau, boire deux gorgées, jeter l'eau, aller se coucher.

Il est un peu plus de minuit. Dans mon lit, les draps me paraissent lourds, et la nuit plus noire que d'habitude ; je ressens tout en trop fort. Mon corps est serré, les battements de mon cœur résonnent dans mes oreilles, ma mâchoire est tendue. Quelque chose gronde.

Subitement, je me relève. Je sors de mon lit et me rhabille. Je sais ce qui m'anime.

Une fois dehors, je me demande par où passer. J'habite aujourd'hui à une vingtaine de minutes à pied mais il y a plusieurs trajets possibles pour y arriver. Dix ans plus tard, par où la prendre, la rue des Rigoles ? Par où la reprendre ?

Il y a encore du monde dehors mais personne ne me voit. Un fantôme de la nuit. Déterminée, je monte, monte, monte, le souvenir comme seul moyen de transport, amusée à l'idée de voir que rien n'ait changé, effrayée à l'idée de voir que tout ait changé.

Dans ma tête, je me parle en disant « tu ». Tu sais ce que tu fais. Tu veux y aller, alors vas-y. Marche plus vite. Ça fait un écho. Un chœur qui m'accompagne. J'ai l'impression que tout est plus vivant que d'habitude. À chaque pas, la sensation que je décolle.

Deux fois, une pensée me traverse : tu es complètement folle. Mais je parviens à la chasser.

Continue ! Même si tu es folle, continue ! Au moins, ça bouge.

Tandis que je m'approche, la sensation de renfoncement revient et mes voix se taisent. Le lieu entre en moi. La zone de non-droit. Je le sens comme on sent un souvenir : il appartient au passé, est classé, et petit à petit, je peux tout retrouver.

J'arrive par le haut, par l'amont, et par le trottoir d'en face de *la maison*. La rue est silencieuse. Plongée dans le noir. Une boutique fermée. Un endroit que je m'apprêterais à cambrioler. J'ai tout à coup cette drôle de pensée : *peut-être que je n'ai pas le droit d'être là... ?* Une infraction ? Je suis dehors voyons. C'est une rue. Juste une rue.

Dans la nuit, mes yeux fixent l'endroit où je prévois qu'elle serait. *La maison*. La porte en bois avec les serpentins verts.

À quelques numéros de l'arrivée, dans un appartement qui se trouve en rez-de-chaussée, une femme range sa cuisine. Ce sont les mêmes gens qu'avant !

À l'époque, je la voyais faire la vaisselle et lui terminer sa cigarette. Leur fenêtre était toujours arborée, de plantes qu'il ne fallait pas spécialement arroser. Debout contre l'évier, avec le côté vert de l'éponge, la dame grattait la poêle et le meilleur des pommes de terre, celles qui se sont accrochées, tandis que lui restait assis à la table, à côté du grand calendrier, le regard vissé à son cendrier.

Ce qu'il y avait de marrant avec ces deux-là, c'est que personne ne les croisait jamais dehors. Ni à la boulangerie, ni dans le métro, ni au tabac. Il n'y avait que la vue sur leur cuisine, et ce rituel aux tristes accords. Un jour, je m'étais imaginée qu'ils étaient faux. Des hologrammes, envoyés d'une autre planète pour répéter indéfiniment le même fardeau.

J'avance.

Les tours blanc cassé sont toujours là, avec leurs façades qui font des vagues, et ce soir, plus que jamais, leur béton me réchauffe. Grossier, infiniment familier.

J'avance toujours mais parmi les bâtisses que je croise, je ne vois la mienne nulle part. Je m'arrête, et laisse mon regard creuser le noir. Je plisse les yeux très fort. Très très fort. Elle est là. L'ancienne petite baraque qui a logé le succès d'une famille immigrée espagnole, puis une dizaine d'années de ma vie, puis, maintenant…

J'inspire plusieurs fois, profondément. *C'est toi… Tu es encore là.* J'inspire jusqu'à me faire mal aux côtes. *Salut…* Je me dis de me souvenir de tout ce que je peux. Les détails, et l'atmosphère aussi. Les émotions, et la matière aussi. De l'air, du temps, de la nuit. La température qu'il fait. Le rythme du vent. L'épaisseur d'autour. Il faut tout prendre, même si c'est trop. Je rangerai en rentrant.

Je serre mes pensées fort contre moi, pour fusionner avec elles. Si on me cryogénisait, et que dans des centaines de millénaires je me réveillais, je veux être encore là, avec ces pensées de Rigoles collées à moi.

Je suis heureuse d'être montée. De savoir que c'est si près. *La maison* est toujours aussi lourde et maladroite, comme Madame Benadente, engoncée sur ses gros mollets. Avec sa structure carrée, son ciment mal étalé, elle a l'air d'une vieille dame fatiguée. Aujourd'hui encore plus qu'hier, j'ai l'impression qu'elle est vivante. Qu'elle peut parler.

Quelque chose, je ne sais pas quoi, a changé. J'essaye de me concentrer pour trouver mais au premier étage, une lumière est allumée et je suis soudainement troublée. Je suis en train de fixer la maison de quelqu'un en pleine nuit. Et j'ai froid. La folie a assez duré. Je reviendrai.

En m'éloignant, je prononce quelques mots dans ma tête. À la maison, à la rue, je dis que je vais revenir. Que merci, de m'avoir laissée te retrouver. Tu te rappelles ? C'est moi. Je suis là. J'espère que tu vas bien. Je t'aime.

Je fais souvent ça. La première fois, je crois que c'était dans ma chambre, à l'époque où ce n'était pas rose à la maison. Je voulais remercier ma chambre de m'héberger, de veiller sur mes journées. Très naturellement, comme si c'était une amie, je m'étais mise à lui parler et j'avais eu après ça le sentiment que nous étions pour toujours très liées. Qu'elle était, pour de vrai, mon intimité. Depuis, ça me prend quand je vais quelque part et que j'ai un sentiment, un souvenir, un souhait à graver. Dans ma voix chuchotée, ou juste en pensant silencieusement, je fixe mon idée, pour toujours la retrouver. J'appelle ça une prière au lieu.

Pour rentrer chez moi, je décide de continuer la rue jusqu'au bout, trottoir maison. En marchant, je suis brusquement étouffée par la vague de chaud qui sort des réserves du Franprix. Une odeur de chaleur. Et de sale. Un peu comme dans certains quartiers du métro parisien, ou les croissants décongelés des grands magasins. On sait que le beurre n'en est pas un, que les conservateurs ont fait tout le boulot, et pourtant le mal séduit ; doux comme un souvenir d'enfance.

La mélancolie a plusieurs odeurs ; celle-ci en est une. Planquée au sol, la bouche d'aération soufflait son air sur les jambes des passants. Personne n'aimait ça et en même temps, elle marquait l'arrivée, le presque chez-soi.

En arrivant sur la place, une jeune femme me heurte avec son vélo. Elle est en train de l'attacher à un arceau et porte sur l'épaule un sac en toile *Plus beau, c'est bio*. Il n'y avait pas d'arceau ici avant. Il n'y avait pas de vélo non plus. Elle a l'air un peu bourré.

Les nuits auxquelles je n'ai jamais été invitée commencent. Pendant qu'une partie des Rigoles dort et essaye de rêver, l'autre débute sa journée. Main ouverte en creux, paume vers le ciel, les doigts effritent en rythme. Certains sont installés dans une Audi garée à cheval sur la place. Portières fermées, aqua fumé. Serrés, au chaud. Un grec, et chacun sa canette. À la radio, un rappeur en vogue qui se montre toujours le visage caché dit que le bonheur n'arrivera pas en coursier. Ça sent l'entre-deux, la galère et la liberté, et il n'est pas si évident de dire qui a gagné.

« Eh mais c'est la meuf à Maba ! » Aurélien. Assis en hauteur, le cul posé sur le dossier du banc. Il a le même jogging sauté qui s'arrête au-dessus des chevilles et la dent de devant toujours cassée. Il rit. « Wesh ! Bien ou quoi ? Ça fait plaisir d'te croiser ! » Aurélien a toujours passé son temps à rire. Un rire qu'il fait venir de loin, des tréfonds de sa poitrine, en se laissant partir en arrière. Ça rendait les profs dingues. Sur son carnet de correspondance, ils lui mettaient des avertissements pas du tout menaçants : *Aurélien rit en classe de manière intempestive. Crises de rires incessantes qui perturbent le cours. Aurélien rit pour faire l'intéressant.*

Il me parle comme si, juste parce que nous étions là, maintenant, tout demeurait. « La vérité j'm'attendais pas à t'voir, y a plus grand monde ici ! Tu fais quoi en fait ?! » Esquive. Et toi ?

« Bah moi… Petite visite aux collègues ! » Et ton métier, ta vie ? « Bah tu sais… l'école c'était pas mon truc hein. J'ai arrêté après le brevet, et là je suis plombier. Je suis à mon compte. Hé mais t'rappelle Madame Talande ou pas ? (Une prof d'anglais.) La dernière fois elle m'a contacté sur Facebook ; j'suis venu chez elle réparer son évier ! » Rire encore. Et une gorgée d'Oasis. Les yeux fermés, comme le cancre qu'il a toujours été, Aurélien se met à chanter en se balançant sur le banc. « Alala… La meuf à Maba… La meuf à Maba… » Malgré le temps passé, je sens sur mes joues le rouge me dévorer.

C'est la récré du matin. Deux garçons s'approchent de moi avec sur leur visage cet air d'enfants qui veulent faire les grands. Le regard qui défie le temps. « Viens deux minutes steuplé, Maba veut te parler. » L'un est très sérieux et à côté, l'autre se marre dans ses mains. La retenue n'existe pas encore. L'adresse et la maladresse c'est pareil. Nous sommes trop jeunes et c'est tant mieux.

Je traverse la cour derrière eux, par le milieu. Maba m'attend dans un coin, adossé, un pied contre le mur. Je suis inquiète et il est beau. Il a un regard de roi qu'on ne trahit pas.

D'un air parfaitement désinvolte, Maba me tend la main : « Tiens. » Une bague. Une bague en plastique couleur or avec un diamant en plastique jaune sur le dessus. C'est une demande en mariage. J'ai 8 ans.

Maba ne sourit pas. Il attend en se mordillant l'intérieur de la lèvre, mâchoire tendue sur le côté. Il a déjà l'air tellement fort. L'un de ses deux camarades prend la relève : « Maba veut savoir si tu l'aimes. Lui oui. » Dans le creux de sa main, le doré du joyau s'écaille déjà.

Ils me relancent : « Alors ? Oui ou non ? » Dans ma tête les idées fusent et dans mon ventre, l'avenir se tord. Oui, je suis amoureuse de Maba. Mais de là à me marier, comme ça, à l'heure de la récré… Et puis, j'ai peur. Qu'est-ce que cela voudra dire, pour après ? Faudra-t-il le dire à mes parents ? Devrons-nous nous embrasser, comme les autres amoureux mariés ? Nous appeler chéri et chérie ?

À mon plus grand soulagement, la sonnerie interrompt la tentative d'alliance et nos mondes se séparent. Moi avec mes copines, lui avec ses copains. Moi au premier rang et lui bientôt dans le couloir, avec les autres élèves *turbulents*.

Nous n'en reparlons plus mais c'est acté : nous sommes fiancés. Pendant ces années, quand il joue au foot à l'heure de la cantine, mes yeux le cherchent, l'adorent en cachette. Ma colère gronde à l'intérieur quand il se fait disputer par la maîtresse et je demande à aller aux toilettes chaque fois qu'il est exclu de classe. Lorsque l'on se croise, il mord dans sa lèvre et nos ventres sourient. Ses copains pouffent de rire quand ils me voient : « Ha ha ! La meuf à Maba, la meuf à Maba ! » Après l'école, Maba part toujours après moi, attendant que je sois rentrée chez moi pour rentrer chez lui. Une forme de galanterie, de protection. Personne n'a le droit de m'embêter.

Maba habite aussi rue des Rigoles. En face de chez moi. Mes parents n'ont pas acheté de « bons rideaux », malgré les conseils de Bruno, et il arrive que je le vois jouer depuis ma chambre, sur le toit-terrasse de son immeuble, avec ses copains, étage « rez-de-jardin ». Parfois, en regardant les immeubles, mon père lance : « Qu'ils viennent vivre dedans, ceux qui ont construit ça ! Ils ne tiendraient pas deux mois. » Bah quoi ? Je n'aime pas qu'il dise ça. Maba habite là !

Quand je joue à la maîtresse avec mes poupées, j'entends la balle qui rebondit du haut de la cité. À chaque but, je m'imagine que c'est lui et me précipite à la fenêtre : *Excusez-moi les enfants, c'est mon mari.*

Malgré les années qui passent, une, deux, trois, nous ne nous disons toujours rien, vraiment jamais rien, mais dans les idées et ce qu'il se dit dans le quartier, notre histoire continue. À chaque veille de vacances d'été, je me demande si la flamme brûlera encore à la rentrée et à chaque rentrée, nous nous regardons comme si le temps n'était pas passé : sérieux, c'est-à-dire toujours amoureux.

En grandissant, il arrive que je trouve notre couple un peu étrange. Notamment quand je danse mon premier slow avec Nicolas en colo, qu'il me prend dans ses bras et que je sens de très près l'odeur de son gel mal dosé. Je me demande si un jour arrivera où je ferai ça avec Maba, si un jour arrivera où je sentirai son parfum, tout près de moi. Et dans le fond, je ne crois pas. J'aimerais rentrer avec lui, flâner sur le toit de son immeuble, le regarder jouer, être invitée à ses soirées, mais cela n'arrive jamais. Nous ne nous mélangeons jamais. Depuis toujours, il y a un fossé impossible à traverser entre nous. Un fossé qui mesurerait la taille de notre rue, c'est-à-dire trois cordes à sauter alignées, j'ai mesuré, et qui nous empêcherait de nous toucher. Je ne m'explique pas pourquoi, et je ne nous en veux pas. Car quoi qu'il en soit, c'est le début de l'Amour, le premier, le fameux, le plus précieux.

À notre entrée au collège, nous ne sommes pas affectés dans le même établissement. Je ne comprends pas. Est-ce qu'un trottoir peut changer la carte ? À partir de là, je ne croise plus Maba que dans la rue et un jour, j'ai 13 ans, je ne le vois plus du tout. Dans le quartier, des rumeurs courent : certains disent qu'il est parti au Mali, d'autres que son appartement a brûlé, d'autres encore que lui et sa famille ont été virés.

Hiver

Mon travail avec Suzanne est suspendu. Je me remets à chercher du boulot.

Le matin, je me fais un café fort et planche sur mon portfolio. Il faut *raconter une histoire*, qu'on sente la *cohérence* dans mes *projets*. J'ai fait un stage en Sicile avec un vieil homme qui travaille le bois, encadré la réhabilitation de la salle des fêtes du village de ma grand-mère, répondu à un concours pour la construction d'une école (un bloc carré, assez laid) en banlieue de Poitiers, mené deux chantiers de particuliers l'an dernier. Est-ce cohérent ? Je fais le tour des agences pour prévenir que je suis sur le marché. Réponse : avec la fin d'année, ils sont tous *super charrette*. « Merci c'est gentil mais tu pourrais repasser ? »

Je sens la vie grouiller autour de moi. Mes voisins de palier qui vivent à cinq dans un deux-pièces et passent leurs journées sur des vélos de livraison pas déclarés pour payer leur loyer. La dame du dessus qui pleure la mort de son mari en noyant ses tympans sur Radio Classique. Fanny, la jolie du quatrième, qui vient d'avoir un deuxième enfant.

Vous êtes sur le répondeur de Gaëlle, je ne suis pas là pour le moment… Dans la rue, un homme dans sa voiture essaye de joindre Gaëlle. La voix sort fort des haut-parleurs, traverse les vitres, comme sa main qui tape le volant quand il raccroche, puis la radio reprend instantanément ; *Prêts, feu, appelez ! Aujourd'hui, un ordinateur portable est à gagner !*

Toutes ces vies. J'ai le sentiment qu'il faut se rétrécir pour tenir. Mon cerveau m'apparaît comme un disque dur qui sature. Si j'en rajoute, je vais devoir en supprimer. Et je ne veux pas. Je veux m'occuper des morceaux qui sont déjà là. Des années qu'ils débordent, m'éclaboussent quand je marche, quand je dors, comme l'eau qui bout trop fort. C'est pour ça que je suis rentrée.

Je pense à Suzanne. Comment a-t-elle fait ? Comment fait-on, pour se plonger dans sa vie ? Faut-il un élément déclencheur ? Dis que ça compte, et ça comptera…

J'imagine Suzanne dans son salon. Elle me réconforte. Courbée pendant des heures sur son cahier, avec derrière ses lunettes ses yeux fatigués de devoir se concentrer. Elle est sur sa table, ou bien par terre sur son tapis, elle porte trois pulls parce qu'elle ne met pas le chauffage avant décembre et quand elle se relève, en s'appuyant sur ses poings, elle fronce les sourcils en murmurant putain.

Un jour nous nous appelons et Suzanne me dit : « Ça prend forme… Bordel, c'est long ! Mais ça vient, je tire des fils. » C'est ça ! C'est minuscule un fil, ça pèse pas lourd, ça se voit à peine, mais c'est ça. Suzanne prend soin de ses fils. Démêle. Tisse. Recoud. « Et toi ma perle ? » Je ne dis rien mais à travers le téléphone, Suzanne sent des choses. « Bon. Je vois que tu ne vas pas revenir tout de suite, mais c'est bien. » Que Suzanne dise que c'est bien me fait l'effet d'un air pur et frais qui me traverse les artères.

Quelques semaines plus tard, je décide d'y retourner. En marchant, je me sens ré-appartenir à la rue. Ses odeurs, ses couleurs, son calme de fin de journée. Petit à petit, mes muscles se délient.

C'est la fin de l'après-midi. Les écoles se vident. Je les imagine sortir, les élèves d'aujourd'hui. Passer la grande porte en bois, chercher leurs parents au milieu des platanes en redoutant, comme à chaque fois, qu'ils les aient oubliés. Ma maîtresse habitait un appartement à l'étage au-dessus du hall d'entrée. J'aurais adoré le visiter. Ses fenêtres donnaient sur la cour de récré.

Je tenais à revenir maintenant : l'heure des enfants, l'heure des innocents. L'heure du gros canapé rouge dans lequel je me jetais en rentrant.

Ma mère disait qu'il puait mon chien mais moi je trouvais juste qu'il le sentait. Et en fait j'aimais bien : la chaleur de son corps à poil ras attendant la fin de la journée sur les coussins.

Avec ses dents mal implantées, mon chien avait l'air d'un vieux monsieur graveleux et faisait peur aux gens du quartier. Quand les gars le croisaient, ils me demandaient : « C'est un pit ? Hé ! C'est un pit ? Tu l'as trouvé au zoo ou quoi ? » Après l'école, Mehdi et Issa se plantaient devant ma porte pour le voir. Quand il arrivait, en courant au ralenti parce qu'il glissait sur le parquet, ils se barraient. Ils voulaient juste avoir peur. Pour rigoler.

Le parquet était une idée de l'architecte, pour remplacer le vieux carrelage beige. Tout comme le bar pour ouvrir la cuisine, *ouvrir, il faut ouvrir !* disait ma mère, la grande bibliothèque avec des casiers assez grands pour ses manuels scolaires, l'atelier de ferronnerie transformé en bureau pour mon père, la verrière à la place du mur en pierre. S'investir, construire, améliorer, changer ; toujours changer. C'était devenu une manie.

Les idées naissaient souvent le samedi matin. L'ogre venait boire un café et, autour de son carnet, mes parents rêvaient. Comment, toujours mieux, toujours plus ? Avec le temps, comme il leur faisait des prix d'amis, leurs travaux passaient en dernier et les chantiers duraient. Ça sentait la poussière, la colle, la peinture, le ciment, et pendant ce temps, en face, la cité déversait sur le trottoir les affaires qu'elle n'avait plus la place de garder. Un étendoir à linge, une télé, des tiroirs parfois pleins, un canapé qui gonflait sous la pluie, tel un soûlard dégarni, attendant les encombrants.

Sur le trottoir d'en face, au quatrième étage de l'une des tours, à sa fenêtre, une femme que je connais me regarde marcher. Elle fume une cigarette. Elle m'a reconnue et me sourit.

« Ça va ? »

« Bien et vous ? »

« Ça fait longtemps ! »

« Oui ! Petit tour des souvenirs ! »

« Ah… ! » dit-elle pour finir, gentiment mais n'ayant pas l'air de comprendre.

Des souvenirs. Quelque chose ayant trait au passé, de la nostalgie, une douce mélancolie… Comment peut-il y avoir de ça ici ? Je me sens un peu bête, prise en flagrant délit. Depuis le trou carré où elle passe tout juste sa tête, cette femme a l'air bloqué. Comme si ici ne pouvait jamais s'arrêter. Comme s'il n'y aurait jamais d'après. Et donc jamais la nécessité, l'envie, de se rappeler. Elle a encore moins de dents qu'avant mais n'est pas si âgée pourtant.

Une maison c'est comme un îlot, on est seul, bien au chaud ! La phrase de ma mère. Tu parles. Regarde autour, le monde. Et pourtant nous ne sommes pas ensemble.

Arrivée devant la maison, ma gorge se serre brusquement.

Tout se coupe.

Je sens mes yeux se vider et les battements de mon cœur s'accélérer.

Je ne suis plus capable de rien.

J'entends encore Bruno dire « c'est pas pour maintenant ».

Mais voilà.

C'est arrivé.

C'était fait.

La grosse dame s'était fait refaire une beauté.

Le ravalement était passé.

Voilà ce qui avait changé, l'autre soir. Elle brillait dans le noir.

La maison est toute blanche, toute propre. Toute… chic. Je la regarde avec pitié, un peu comme une vieille qu'on aurait forcée à se prostituer. Bah alors, Maison, qu'est-ce qu'on t'a fait ? J'ai peur qu'elle ne me réponde pas. Qu'elle fasse celle qui ne me reconnaît pas. Par honte. Et par fierté. J'entends presque les voisines la défendre : *Elle a changé, c'est tout, arrête de l'emmerder. Tu l'as abandonnée ! Dans la vie faut bien avancer !*

Toute mon enfance, j'avais entendu ma mère répéter, prier, pour qu'« il » n'arrive pas. « Il », le ravalement. Comme si c'était une personne. Et comme si sa venue allait tout bouleverser. « Il va nous tomber dessus… », disait ma mère. La décision nous serait communiquée par un courrier tamponné de la mairie, et nous n'aurions pas le choix.

Au début je ne comprenais pas bien en quoi le fait de repeindre des murs était si terrible. Mais je les entendais parler : « On ne peut plus emprunter, on ne peut plus ! » Très bien. Le ravalement serait aussi mon ennemi. Je chérissais les traces du temps, les trous, les tags quinze fois frottés mais jamais vraiment effacés. Quand on fermait la porte trop fort, il arrivait qu'un morceau de mur craque et tombe par terre. Mais c'était super.

À l'époque, certains habitants se plaignaient que rien de neuf ne se passe dans le quartier : « On est oubliés », « On n'est pas leur priorité… ». Mais le jour où une équipe était venue pour fabriquer des ralentisseurs, deux, très rapprochés, sans prévenir, la rue avait fait la gueule. Un jour de deuil.

La fin des rodéos en scooter. Des lignes droites en BM. Des descentes tout schuss en roller. Désormais, il faudrait rouler au pas. Quelqu'un qui ne vivait pas là l'avait décidé comme ça.

En treize ans, finalement, le ravalement n'était jamais arrivé et chaque nouvelle année était un chez-soi qui durait. Une grande tranquillité. Avec, tout de même, quelque part en fond, cet absent menaçant qui faisait souvent partie du dîner.

Aujourd'hui, je sais que le montant d'un ravalement comme celui-là dépasse une dizaine de milliers d'euros, et que si la date a sonné, c'est parce que ceux qui l'ont décrété ont dans la tête un tas de grands projets. La propreté, c'est aussi la loi du marché.

J'approche mon visage de la fenêtre : je vois des photos de famille aimantées en bazar sur un tableau, un Tintin en statue posé sur un bureau, un bouquet de fleurs séchées. C'est un peu dur, alors mon cerveau engage un drôle de mouvement solidaire : derrière ces affaires que je ne connais pas, je projette ma vie à moi. À travers la baie vitrée, l'odeur du soleil chaud se pose dans le salon. Et les rainures irrégulières du parquet sous mes pieds. Et le carrelage bleu et toujours glacé des toilettes derrière cette porte fermée. Sont-elles encore là, les toilettes ? Si oui, il n'y a que moi ici qui le sais. Comme je sais que la glycine retombe sur la gouttière l'été. En ont-ils encore, une glycine, les gens d'aujourd'hui ? Je m'en fiche, moi oui. Mon regard se pose sur la boîte aux lettres. Une petite fente taillée dans le bois de la porte. Le courrier tombait sur le paillasson et parfois mon chien le mangeait. Je me demande si les nouveaux propriétaires ou les précédents ont déjà reçu des lettres avec mon nom. Je l'espère. À l'époque, on en recevait souvent adressées à Madame Benadente. Un gong qui venait nous rappeler qu'elle avait été là avant. À chaque fois, je m'imaginais sa vie. Un amant ? Les impôts ? Un concours cadeau ? J'ai envie de gueuler dans la fente : « Moi aussi, j'étais là avant ! »

Il n'est pas 18 heures et le jour s'est déjà couché, discipliné. La nuit commence à tomber. Je recule pour l'avoir dans les yeux en entier.

Un autre élément a changé, qui me fait complètement me refermer : les nouveaux ont ajouté des barreaux à la fenêtre du rez-de-chaussée. De longs barreaux noirs, qui transforment la fenêtre en parloir. De quoi ont-ils peur ? De quoi se protègent-ils ? Est-ce que la rue des Rigoles est encore plus coupée en deux qu'avant ?

J'ai un mauvais pressentiment.

Ma maison, ma rue, je vous prends dans les bras.

Il fait nuit. Il fait froid. Quand Issa respire, ça fait de la fumée.

Sur le côté, un projecteur illumine le terrain. Au milieu des tours, le stade brille comme un saint.

Issa se souvient.

Ramy, le grand qui entraînait les petits. Personne ne voulait courir à cette période de l'année mais Ramy insistait. *Allez, on travaille ! On se tait !* Il installait des plots de toutes les couleurs, des ronds des cônes des flèches, et les gamins s'exécutaient : *pas chassés, flexions, on travaille ses positions.*

D'en haut, parfois, derrière le rideau, la mère d'Issa le regardait. Sous ses yeux, il rêvait. Un jour, il deviendrait. Un grand sportif, une star du ballon, peu importe lequel. Il ramènerait le monde à la maison.

Le sport c'est comme la vie, c'est la jungle. Alors battez-vous ! Pensez à demain ! Les petits ne voyaient pas exactement de quoi Ramy parlait mais ils sentaient. Fronçaient les sourcils, resserraient leurs lacets. Pendant ces moments, rien d'autre n'existait. *Demain.*

Accélérer, tourner, taper dans la main de son voisin sans le déséquilibrer. Le relais, c'était le jeu qu'Issa préférait. Être une équipe, gagner, ensemble. *Et n'oubliez pas de respirer !*

Qui lui avait déjà dit ça ?

Respirer.

Ramy avait quitté le quartier. Pour sa famille, un appart plus grand, évoluer. Son nom était gravé sur les marches des escaliers. Bienfaiteur, héros au grand cœur, l'ange gardien le plus musclé du secteur.

Quand il repassait, Issa et lui se serraient la main. Bien ? Bien. Mais au fond Issa se demandait : Ramy, est-ce que demain est encore loin ?

Respirer.

Issa part en petite foulée.

13 h 10, voie 22, celle qui n'a pas encore de borne à scanner les billets.

Après avoir reçu mon portfolio, le patron de l'agence Field m'a donné rendez-vous à Orléans. Il m'a dit que *n'étant pas au bureau souvent, le plus simple était de se voir entre deux déplacements.*

L'Intercité Corail dans lequel j'embarque est une succession de compartiments. De ceux avec les vieux rideaux verts et bleus. Ils sont quasiment tous vides alors je choisis le premier où je vois une fille.

Il fait beau dehors et à travers la vitre, le soleil de l'hiver chauffe ma peau. Le paysage défile. Plat, organisé, mille fois partagé. Il surgit parfois un bâtiment d'usine avec des voitures garées. Je m'imagine qui travaille là. Comment fonctionne la vie. Est-ce qu'on vit heureux d'être ici ?

Ma voisine s'appelle Amanda. Nous ne sommes que toutes les deux alors je me suis permise de lui demander.

Amanda aussi voyage pour un entretien d'embauche. Mais dans l'autre sens : le sien était à Paris, tôt ce matin. Elle travaille dans le commerce pour une entreprise de téléphonie mobile et a décidé de changer. Elle dit que « c'est triste à dire, je sais » mais le contact avec les autres, ça le fait pas. Les clients ne disent pas bonjour, ni au revoir, ni merci, et « ils oublient que vous êtes un être humain et que Xavier Niel c'est pas votre père, donc… vous pouvez pas tout faire ! » Là, ce qu'elle veut, c'est travailler dans un bureau, sans personne, avec un espace rien que pour elle, pépère.

Le train roule suffisamment lentement pour capter des détails. Au bord des rails, une petite maison basse avec un morceau de jardin vient de passer. Ses habitants se sont aménagé un potager. J'ai bien regardé : des sacs plastique pour faire peur aux oiseaux, des tuyaux d'arrosage proprement enroulés, des bassines pour quand il faudra ramasser, et des grandes bâches bleues, pour protéger du gel. Peut-être que ces gens avaient le même rêve que ma mère ? Avoir un lieu, être chez eux, et après ça, se disent-ils, comment penser à mieux ? Je me demande juste : est-ce que les trains passaient déjà si près quand ils se sont installés ?

Amanda habite depuis peu à Orléans. Elle a déménagé pour ses études mais avant ça, chez elle, c'était à Dreux. « Ouais, dit-elle en souriant. En vrai je suis drouaise. » Ce n'est pas le mot qui la fait sourire mais ses souvenirs. Amanda me dit, amusée, qu'avec le temps elle se rend compte qu'elle y est encore très attachée.

Amanda ne parle jamais de Dreux parce que seuls les gens qui y ont vécu peuvent comprendre. « Ça craint là-bas. Y a rien, pas d'emploi, raide mort. Mais… j'sais pas. C'était génial quand même. » Tout le monde se connaissait, se soutenait. Les familles faisaient les courses les unes pour les autres. Les enfants jouaient ensemble. « Et quand c'était l'Aïd, là vraiment c'était Noël ! » Aujourd'hui elle se dit que peut-être qu'elle y retournera, plus tard. Mais quand l'occasion d'un ailleurs s'est présentée, elle ne pouvait pas refuser. « Y a des trucs, même si i't paraissent rien, ça compte quoi. » On dirait qu'elle a intégré la recette de Suzanne, celle pour être heureux. J'ai un frisson. « Mais pourquoi j'vous parle de ça moi en fait ?! » Elle explose de rire.

Les synchronicités un peu magiques comme celle-là m'arrivent souvent.

Quand je lui en parle, une amie me dit que ce n'est pas elles qui arrivent, mais moi qui les fabrique. Que les coïncidences dépendent de moi. Et donc qu'il n'y a pas de coïncidences.

Je ferme les yeux. Sur son portable, les faux-ongles d'Amanda pianotent à toute vitesse. À les entendre, on dirait qu'il pleut.

Romuald, le directeur de Field, m'attend à la brasserie de la gare. Petite trentaine, allure entrepreneur un peu fou, du genre passé par une école d'art puis une école de commerce. Col de chemise fatigué, blond aux cheveux bouclés, longs doigts qui scrollent sur son clavier.

« Enchanté. Merci d'avoir fait le trajet. » Son ordinateur est ouvert sur le fichier du projet. Il commande un deuxième café allongé.

Romuald cherche quelqu'un pour une grosse opération : la construction d'un nouveau quartier dans une petite ville, près de l'aéroport de Paris. Il raconte : un coin sinistré, paumé entre un bois et la zone aéroportuaire, avec un taux de logements vacants sidérant. Pas de tissu associatif, pas de transport. La commune est surendettée et s'agite dans tout les sens pour densifier, créer, *dynamisme, nouveau rayonnement, innover.* Il donne un coup de tête en arrière pour ranger ses boucles qui lui tombent sur le front : « La Rose des Vents veut redistribuer les cartes. » Je hoche la tête. La Rose des Vents, le nom du chantier, et celui du futur quartier. Six cents nouveaux logements commandés pour dans trois ans.

Ma gêne réapparaît. Ça prend dans la gorge.

Je m'accroche à ce qu'il dit, à son énergie. C'est une opportunité, un projet énorme avec beaucoup de budget.

Ici, maintenant, dit le sous-titre qui accompagne le carnet de plans. Field surfe sur le champ lexical du repère. La Rose des Vents, celle qui nous oriente. Théorie, poésie. J'aimais bien cet exercice pendant mes études. Faire des liens, croiser les références, servir de grands principes pour nourrir un projet. Le discours claque, parfois même il rime, on se laisser bercer, construire un monde meilleur avec des mots, comme s'ils suffisaient. Romuald m'explique en faisant défiler : « Je pense que Field a remporté le projet grâce à notre rapport au paysage. On est sur un vivre-dehors, mais chez soi. Tu vois ? L'urbanité renouvelée, où l'extérieur est au service des habitants. » *Au service de.* L'expression qui sauve les intégrités, on nous l'avait rabachée.

Le poste à pourvoir concerne le volet urba : pistes cyclables, gymnase ouvert, cœurs d'îlots arborés, zones humides au pied des tours, toits végétalisés. Dans ce lieu dont personne ne veut, Romuald insiste : « Il faut que les gens se sentent bien chez eux. Ancrés, pas piégés. » Il tape le plan avec ses doigts, pour montrer l'ancrage : « Tu vois ? » Je fais oui pour signifier que je le suis, mais ma gêne ne me quitte pas. J'ai envie de demander à qui est destiné ce nouveau rayonnement, qui a dit plus et encore, et pourquoi des pistes cyclables alors qu'il n'y a même pas de transport. Je fronce les sourcils pour me concentrer, et pour me taire.

Le chantier est déjà bien amorcé mais la chargée de projet est partie pour ouvrir sa propre agence. Romuald veut quelqu'un pour la remplacer et, il prend un ton solennel pour le préciser : « une femme de préférence, souci de parité ». Il n'évoque rien de mon CV. Je suis disponible, c'est ça qui compte, et le plus tôt je peux commencer, le mieux c'est.

Je sais ce qui me serre la gorge. Construire du confort, c'est créer de la valeur. C'est ça qu'ils avaient fait mes parents. Est-ce qu'on peut faire autrement ?

Avancer.

Romuald a l'air sympa. Et puis, l'habilitation au chantier est LA case à cocher dans le métier.

Avancer.

De retour à Paris, je rassemble mes papiers pour les envoyer à l'agence en recommandé comme Romuald l'a demandé. Dans la queue de la Poste, je me répète que ce qui compte c'est apprendre, qu'il sera toujours temps d'arrêter, quand soudain, à l'arrière du bureau, veste siglée gris et jaune et triant le courrier, je le vois.

« Maba ? »

Enveloppées dans leurs laines, les deux personnes de devant me jettent un œil méfiant – ils craignent que je leur prenne leur place.

« Nan… ! Tu fais quoi ici ?! »

Il n'a pas changé. Rien du tout. Juste grandi et à peine, il était déjà grand avant. Je retrouve son regard, mélange de tendresse d'enfant et de chef de famille qui avance gravement. Il vient de planter son incisive dans sa lèvre, comme avant. Son gilet de facteur sans manches ne couvre pas tout à fait ses larges épaules et pendant un instant je m'y vois : dans ses bras.

Pour dire un truc ordinaire, je lui demande depuis quand il travaille ici. « C'est mon bureau de poste habituel pourtant, je ne t'ai jamais vu ? » Je veille à dire des choses banales, à ne laisser aucune émotion s'échapper. Depuis le temps, je me dis que ça le ferait flipper.

« Ça fait juste deux jours, c'est une formation Pôle Emploi. » Il passe la main sur son crâne rasé. Ses mains sont si sèches à l'intérieur que j'entends le contact de ses deux peaux qui se touchent. Il a l'air de se sentir bête, moi je le trouve plus beau que jamais.

Aucun de nous ne rebondit, alors je reprends avec des expressions disproportionnées : *c'est génial*, *cool*, *trop marrant de te voir*. Sous le coup d'une excitation mal contrôlée, je lui demande son numéro et propose qu'on prenne un verre bientôt.

Il dit « vas-y » et retourne à ses colis.

Je n'en reviens pas. Maba. Aujourd'hui.

Nous ne nous sommes jamais autant parlé de notre vie.

Il n'est pas tard mais il fait déjà nuit. De ces nuits bleu foncé tombées d'un coup, alors que le soleil ne veut pas aller se coucher. Je sors d'un rendez-vous avec les bailleurs et la mairie de La Rose des Vents. Je n'ai quasiment pas parlé, Romuald était là. À un moment, la discussion s'est crispée sur une question de délais. Sur l'aile droite du terrain, deux bâtiments existants vont être vidés pendant la durée du chantier et la mairie attend toujours une date pour organiser le relogement des habitants. Ça se passera « par tiroirs », c'est-à-dire étage après étage. Un « vrai casse-tête », ils disent. Je me demande : est-ce qu'on leur a demandé quelque chose, à ceux qui vont devoir quitter les lieux ? L'enquête publique n'a rien relevé. « Les habitants ont été sollicités, c'était en ligne sur internet. » D'accord, mais est-ce que les gens le savaient ? Je tourne la tête vers Romuald. Il a les mains croisées, s'est bien coiffé ce matin. Sa paupière tremble.

La réunion a eu lieu au onzième étage d'une nouvelle tour vitrée, sur les bords de Seine. Des fontaines à eau tiède ou glacée à chaque tournant et une douce moquette pour étouffer les faux pas des gens importants. Parfum dans l'ascenseur. Mais en sortant, la grandeur est finie. Sur sa façade en miroirs, les reflets nous montrent en tout petits.

Je rentre chez moi à pied. Sur ma route, je croise des tentes, installées en rang d'oignons sur le quai et souvent trouées. Les gens y ont installé des tables et des chaises, et du linge qui sèche, et des sacs plastique de grandes enseignes accrochés à des fils pour faire des murs. *Le dessert, j'en fais mon affaire*, titre l'un d'eux, spécialiste des surgelés.

Assise sur un tabouret de bistrot, une femme lit le journal. Son regard fatigué s'est arrêté sur un article qui parle d'écriture inclusive : « Des mots pour tou.te.s ». J'observe sa mine, et ses lèvres qui bougent quand elle lit. Elle porte un nez rouge de clown. Ses mains sans gants ont froid et sa doudoune perd ses plumes.

J'essaye d'imaginer ce que cette femme voit quand elle se regarde elle aussi dans les miroirs de la tour vitrée. Est-ce que le fait qu'elle n'ait pas de maison joue sur son reflet ?

Deux bateaux-mouches sont de sortie. Ils sont bondés et ce n'est même pas samedi.

Certains passagers regardent le pavé défiler depuis les vitres, tandis que d'autres, plus excités, hurlent sur le pont : « Baaaaaanjouuuuur ! » C'est un rituel sur la Seine. Il faut crier un mot en français. Après leur petit tour, les touristes iront dîner, commanderont un pinot noir et un riz au lait puis rentreront se coucher, les baskets épuisées. J'essaye de penser à autre chose qu'aux Rigoles et au verbe habiter mais je n'y arrive pas. Tout m'y ramène, comme les coïncidences, qui, je le sais maintenant, n'existent pas.

En arrivant chez moi, mon téléphone sonne. C'est Paul, le fils de Suzanne. Il m'appelle du Mali. « Elle a eu un grave accident de voiture. Elle est à l'hôpital de Nantes dans le coma. Ils disent que son pronostic vital est engagé. » Je ressens dans mon corps la phrase qui dit que la terre se dérobe sous mes pieds. « Je voulais te prévenir, si tu veux y passer. Le temps que je me barre d'ici, je n'y serai pas avant lundi. »

La nuit, je n'arrive pas à dormir. Dans le très profond du temps, j'entends la rumeur des portes de la ville. La horde de voitures qui courent tout autour. Tout droit. Très vite. Comme sur un tapis roulant fou. Soudain, le moteur d'un camion se distingue de la ronde. Le long de la ligne blanche, il va plus vite que les autres. Regard musclé. Clope au bec. Main bourrue empoignée au levier. Au début son conducteur me fait peur, mais mon imagination le précise, et vire. Moustachu. De longs poils noirs sur les épaules et d'autres encore qui sortent du nez. Les oreilles décollées. Le ventre douillet. C'est le couturier retoucheur des Rigoles. Şerdra. Celui qui parlait tout bas. Şerdra avait la maladie de Parkinson. Ses mains tremblaient comme des feuilles quand il ne faisait rien mais dès qu'il cousait, dès que sa main travaillait, son majeur chaussé d'un dé, Parkinson s'en allait. Pique, tire, pique, tire. Il ne se plaignait jamais. Même dans les moments de baisse d'activité, quand plus aucune jupe ne pendait à son chevet, même pas un vieux tailleur violet que la personne ferait mieux d'oublier, il avait confiance. Les clients arriveraient. Rien n'était jamais grave parce que tout était la vie. Un fil. Droit dans ses sandales à lanières de cuir, avec ses gris-gris, l'œil turc bleu foncé, des chutes de tissus scotchées au mur par milliers, un vieux calendrier turc avec son alphabet. Şerdra me rassurait. Quand j'étais petite, il était si silencieux que je m'étais imaginé qu'il ne comprenait pas le français. Ce n'était pas vrai. Il comprenait, et me souriait souvent de son air malicieux, comme pour me le prouver. De par la place stratégique de sa boutique, entre le coin reculé des Rigoles et la grande rue d'à côté, il avait vu sur tout. Savait tout ce qu'il se passait. Quand mon père avait quitté la maison, il avait passé plusieurs jours au-dessus de sa boutique ; un hôtel à la journée pour âmes désespérées ou en quête de liberté. Şerdra savait ça et à l'époque, pas moi. Un jour, alors que je venais chercher une veste que ma mère avait déposée chez lui, il m'avait dit en souriant : « Ne t'inquiète pas. Papa pas loin. » Puis il m'avait tendu un sachet avec quatre boutons dedans, qui iraient plutôt bien avec la veste : « Pour maman. »

Le brouhaha des rues ne s'arrête pas. Je l'écoute, me laisse bercer, respire aussi longuement que la route, qui traverse ma chambre, Şerdra aux commandes. Une accélération passe sur ma joue, un coup de vent, je m'endors.

Je rêve de Suzanne.

Elle est gardienne d'une déchetterie. Assise sur une chaise dans l'une des bennes, un préfabriqué, le plus gros du centre, elle est encerclée de dépôts. Plus les gens passent, plus les objets l'enfouissent. Elle répertorie chaque objet dans un grand registre quadrillé, en précisant sa nature, son état, le nom du propriétaire, son heure d'arrivée et le motif de la séparation.

Les bruits de destruction, de broyage, de caisses qu'on décharge sont si forts que nous devons nous parler à travers un vieux tuyau d'évier pour nous entendre. Je ne la vois que par morceaux, entre les objets : sa chemise, sa chaussure, sa main qui écrit sur son cahier. La décharge grossit, bientôt Suzanne va disparaître, mais elle ne semble pas inquiète. Ça fait partie du contrat.

Elle me parle de son accident :

« Ma perle… Trois côtes cassées ! C'est pas la mort ! »

Un couple de retraités vient de déverser la moitié de leur maison dans sa cage. Ils partent s'installer au Portugal. Suzanne gueule qu'à Lisbonne les locaux ne peuvent quasiment plus vivre en ville tellement les étrangers font monter les prix. « On dit que le Portugal c'est comme la Bretagne. Alors ? Ça leur suffisait pas d'aller golfer à Port-Blanc ? »

Elle demande « Et les Rigoles, ça avance ? »

J'ai envie de lui répondre mais plus la conversation passe et plus le rêve avance, moins nous nous entendons.

Soudain, une foule arrive, les bras chargés de bobines de fil. Il y en a de toutes les couleurs et en marchant, les gens se prennent les pieds dedans.

Le rythme s'accélère. Les fils s'emmêlent.

J'essaye de parler, je m'énerve, je hurle. J'essaye de lui dire que j'y suis retournée, que j'ai vu, le ravalement est passé, que j'y pense, que j'y pense… Suzanne, tu m'entends ?! Emmaillotée dans une toile d'araignée de fils multicolores, elle me coupe : « J'AI-PER-DU-MON-STYLO- ! LE-VERBE-ÊTRE-EST-UNE-IN-DUSTRIE-SI RIEN-N'EST-NO-TÉ ! »

Il y a un écho puis un bip de téléphone, c'est mon réveil qui sonne. La phrase m'apparaît tellement clairement qu'il me semble qu'elle a déjà existé. Qu'elle sort d'une chanson. Ou d'un livre sacré. Quand j'ouvre les yeux, mes joues ont des restes de larmes séchées.

Sur le chemin pour Field, j'écris un SMS à Maba. Presque rien, huit ou neuf mots que je peine à aligner, plus le temps d'appuyer sur *envoyer*. À l'heure du déjeuner, je prends un billet pour Nantes pour ce samedi et propose à ma mère de m'accompagner. Des années qu'elle ne l'a pas vue. Elle appréhende, mais elle accepte.

Suzanne ! Ta voix murmure en moi. S'occuper de ses fils. Sinon un jour on se réveille et c'est trop tard.

Printemps

Les bureaux de Field sont près de la place de la Bastille. J'y passe toute la semaine, en alternant avec le chantier de La Rose des Vents.

Depuis cette nuit où je suis retournée aux Rigoles, j'ai l'impression de me sentir chaque jour plus complète. Plus ronde. Ce ne sont pas juste des mots, je le sens. Comme un lacet de chaussure qui passerait doucement dans chaque œillet. Il se tortille, souple à droite, souple à gauche, encore à droite, et à gauche. Danse légère, guidée par un sentiment de force à l'horizon : la boucle.

À l'hôpital, Suzanne ne s'est toujours pas réveillée.

Malgré ses absences fréquentes, Romuald a créé un sentiment d'appartenance très fort chez ses salariés. Field est un bébé sur qui tout le monde doit veiller, et si Field réussit, tout le monde réussit. Pour Bérénice, ma cheffe de projet, on dirait carrément que Field est toute sa vie. Elle ne parle que d'archi et reste à l'agence tard dans la nuit. Elle dit tout le temps qu'elle est épuisée, qu'elle a besoin d'un autre café, veines violettes au-dessus des paupières, mais peu importe, on dirait qu'elle en est fière.

Quand il est là, l'œil vissé à sa tablette, Romuald va de table en table et passe en revue chaque avancée. Il a toujours cette posture un peu gauche que je lui avais trouvée la première fois. Sérieux, énergique, mais en même temps très maladroit. Par exemple, ses chaussures pointues glissent au sol et quand il marche, avec ses boucles qui remuent, il me fait penser à un personnage de jeu vidéo mal développé. Ça lui donne un côté attachant, et en même temps, parfois, je le trouve un peu effrayant.

En réunion, Romuald parle avec la même ardeur que ses dossiers : des phrases chocs, qu'on croirait sorties de films d'anticipation. À chaque fois, ça me donne l'impression que je suis embarquée, malgré moi, dans un bataillon. Il a cette formule par exemple, qui me plaît autant qu'elle m'inquiète : « N'oubliez pas, concevoir des lieux, c'est décider de ce qui peut avoir lieu. » Je tourne l'expression dans tous les sens et soit ma gêne d'être là où je suis grandit, soit je me laisse envahir par la tachycardie. Mon cœur se met à pulser : Allez ! Allez ! Allez ! Tout est possible ! Nous sommes le possible ! Dans les petits sillons où se creusent les vies, Romuald nous répète que nous avons le pouvoir de tout changer. Mais toujours, je doute. Cette chasse perpétuelle du demain, du progrès, c'est à devenir fou. À passer à côté de tout. L'autre jour, il nous a pris la tête pendant deux heures sur les plans du skatepark de La Rose des Vents. Il fallait qu'il soit plus grand, et plus au centre des logements. Il avait en tête un quartier de Chicago et, sur sa tablette, faisait défiler les images d'un grand photographe allemand qui capture en noir et blanc : « Regardez-moi ça ! Oh ! On veut rêver ou pas ? » Justement ; à quoi rêvent les habitants de cette commune, ceux qui sont restés, malgré ce que le maire appelle le *territoire déserté* ? Ici on dirait que tout le monde s'en fout. Mes pensées se croisent. En fait, qu'est-ce qu'ils pensaient, ceux qui habitaient le trottoir d'en face, rue des Rigoles ? Je commence à comprendre d'où viennent mes mauvais frissons. D'où je dessine.

Dans un film japonais, un homme demande à une femme tenue prisonnière depuis dix ans sur une plage pourquoi elle ne s'échappe pas. Un soir, une nuit… Il ne comprend pas : pourquoi ne pas essayer ? Il pourrait l'aider ! Alors qu'elle se débat avec les grains de sable qui enfouissent chaque jour un peu plus sa cabane, la femme répond : « Mais, monsieur, parce que c'est ma maison. » Qui rêve de changement ? Celui qui regarde, ou celui qui vit dedans ?

Un soir, en rentrant, j'entends mon nom qu'on crie derrière moi. Je me retourne. C'est Sylvie, ma meilleure amie à l'époque des Rigoles. Je viens vers elle. Nous nous prenons dans les bras avant même de nous regarder.

« Ma parole ! Qu'est-ce que tu fais là ?! » Elle est assise à une terrasse avec une amie. Elle est très maquillée et s'est lissé les cheveux. À côté d'elle, sa copine boit un cocktail avec une paille à paillettes. C'est une ancienne collègue. « Ancienne parce que je viens de démissionner en fait ! » Comme si de rien n'était, elle se met à me raconter. Elle n'a pas changé : cette fille est électrique. Elle parle fort, rigole sans cesse, enchaîne et recommence. Je l'écoute mais surtout, je la regarde. Sous son pull très moulant, son ventre. « Mais ? T'es enceinte ! » De son deuxième enfant. Elle prend une gorgée de son Virgin Mojito. « J'te jure… Une vache laitière, sur ma vie ! Faut que je te présente ma fille ! » Uppercut.

Je repense à ce qui nous a séparées, vers 12 ou 13 ans. Ça avait été soudain, les tensions étaient montées, sans prévenir, et sans qu'on puisse les arrêter. Chez Sylvie, un reproche nouveau était apparu, d'un coup : j'étais une « babtou » et je ne pouvais pas comprendre. Alors que nous n'y avions jamais prêté attention, que cela n'avait jamais été une question, nous découvrions que Sylvie était noire et moi blanche et ces deux couleurs portaient avec elles des bagages qui écrasaient notre amitié. Pas comprendre quoi ? Tout. Tout était devenu lié à nos couleurs de peau et pour Sylvie la mienne avait tout faux.

Ce nouvel ingrédient commençait à prendre toute la place. Comme un mille-pattes géant qui grandissait, grandissait, il finit par nous étouffer. Je crois que nous étions toutes les deux très surprises de ce qu'il se passait mais la situation nous échappait. Nous avions fini par nous éloigner.

J'étais triste, Sylvie me manquait. Dans la cour, elle s'était fait un nouveau groupe d'amis que je ne connaissais pas. Nous ne partagions plus rien et pour rentrer après les cours, nous ne prenions même plus le même chemin : moi sur mon trottoir, elle sur le sien. Un jour nos deux bandes s'étaient croisées et en me regardant, elle avait tchipé. Insulte suprême dans le quartier.

La vie quotidienne fit le boulot et mon regard sur cette séparation évolua. C'est vrai, nous n'avions pas la même couleur de peau et, c'est vrai, cela changeait la donne. En cinquième, Sylvie avait des seins plus gros que ceux de la prof de musique. Impossibles à cacher, même en pull à col roulé. Un jour, la prof l'avait appelée au tableau pour chanter et alors que Sylvie traversait la salle pour arriver, elle avait lâché en levant les yeux au ciel : « C'est pas un défilé tu sais ? » Comme si elle faisait exprès de les faire sauter dans son décolleté. À ma copine Clara, alias Gros Nibos entre nous, jamais la prof n'aurait dit ça. Pareil pour sa voix : Sylvie avait une voix grave, qui sortait très fort. Quand elle prenait la parole, les profs lui disaient toujours d'arrêter de « s'exciter ». Et là, forcément, Sylvie s'énervait. Reprise, jugée, sans cesse discutée. Toujours pour Clara, qui se sentait aussi à l'aise en cours que sur nos soirées MSN, les profs parlaient plutôt de sa « grande aisance à l'oral ».

Reconnaître, comprendre : le racisme ordinaire dans notre pays. La discrimination quotidienne subie. Je n'y pouvais rien mais c'était là. Et alors, oui, Sylvie avait raison, bien souvent, je ne pouvais pas comprendre, et elle avait besoin de se défendre.

Aujourd'hui en lui parlant, en voyant le sourire qu'elle a en me racontant, j'ai l'impression que tout ça s'est tassé. Que le mille-pattes nous a lâchées et que nous pouvons de nouveau nous parler en paix.

« T'es où maintenant ? Ça fait longtemps qu'on t'a pas vue aux Rigoles ! » Oui… Et oui aussi pour rencontrer sa fille. Nous nous serrons dans les bras une nouvelle fois et promettons de nous revoir bientôt.

C'est la fin du mois de mars. Dans les rues, le vent murmure de bonnes nouvelles, les premières odeurs du printemps. Alors que je m'engouffre dans le métro le sourire aux lèvres, mon portable vibre :

Ta tjr le même tel ? C Aya

Aya ? Son deuxième prénom. À l'époque, Sylvie décidait de le porter quand elle était énervée ou quand on jouait au jeu de la carte d'identité. Il fallait se décrire au maximum, de la taille à la couleur préférée, et celle qui avait le plus d'infos à renseigner avait gagné – quand elle le mettait je disais qu'elle trichait car moi je n'avais qu'un seul prénom.

Le métro nous embarque et entre deux stations qui secouent, je m'en vais en Creuse avec Sylvie, chez Annie, une amie de ma mère. C'est l'époque où nous n'avons presque plus de dents de devant.

Dans la voiture, il faut monter, monter, monter jusqu'au village et Annie est bloquée en seconde. Les virages se resserrent. Sylvie prévient trop tard (ou plutôt elle ne prévient pas et donc c'est trop tard) et vomit tout le pique-nique du midi mélangé à ses céréales du matin. Annie s'arrête au premier creux pour que Sylvie sorte et respire. En remettant ses chaussures, elle réalise que le vomi a coulé dedans et sort de la voiture en chaussettes. « Je pensais pas que c'était si loin la campagne. On est presque arrivées ? » Elle a une tête de déterrée. Ses cheveux crépus en pétard complet. Ce séjour, c'est la première fois que Sylvie voyage dans une autre région de France.

Quand on arrive, Annie nous fait la visite des lieux. Une longue pièce en bas, pour la cuisine, la cheminée et la chambre, et une mezzanine en haut, avec deux lits. Annie vient ici à chaque période de vacances. « Et pour les toilettes les filles, c'est juste en face. » Elle montre une petite cabane dans le jardin. Sylvie : « Quoi ?! Avec les loups ? Moi c'est mort je fais dans le lavabo ! » Durant tout le séjour, Sylvie hurlera à chaque fois qu'elle ouvrira une porte : à cause des araignées, ou du noir, ou des esprits. Un matin, alors que je beurre une tartine en m'appliquant pour que le couteau étale un peu mais pas trop, elle m'interrompt : « Attends ! T'entends ? » Quoi ? « T'entends pas ? » Silence. « Ta tartine, elle fait du bruit. » Sylvie n'avait pas l'habitude de manger de pain grillé avec du beurre, et je n'avais jamais entendu le bruit du gras qui crépite sur les tartines chaudes.

Un après-midi, nous allons nous promener. Il pleut alors on a mis des bottes et des cirés. Le village est tellement paumé que même l'église est fermée. Il n'y a qu'une seule maison aux alentours et comme la dame qui l'habite est rousse Sylvie l'appelle « la poule rousse ».

Depuis son arrivée, Sylvie est prise d'une obsession : pêcher des grenouilles. C'est connu, si on va dans une mare, et encore plus les jours de pluie, les grenouilles sortent et il n'y a plus qu'à les attraper.

À la première mare, Sylvie s'arrête. « Voilà, celle-là c'est parfait. » Elle s'avance doucement et je reste sur le bord. Son plan : quand elle verra une grenouille à la surface, l'attraper à main nue et la déposer dans la poche de son ciré.

Sylvie avance de plus en plus et le niveau de l'eau dépasse bientôt la hauteur de ses bottes. Je le vois mais n'ai pas le temps… ses pieds sont inondés et Sylvie se met à hurler. Le sol est mouvant. Elle est en robe, celle en velours vert, sa préférée qu'elle ne veut jamais quitter, et elle n'arrive pas à lever les jambes. Je me jette sur un bâton, Sylvie s'agrippe et finit par sortir de l'eau. Sur le retour je la préviens : vu le tas de boue qu'elle ramène, elle va se faire engueuler. En passant devant le jardin de « la poule rousse », nous décidons de cueillir toutes les fleurs du talus pour nous faire pardonner avec un grand bouquet. Comme c'est du vol, on se fait quand même engueuler.

PAH ! La porte claque derrière lui. Dans le hall, murs en marbre, plafond en pierres gravées, Issa replie le bas de son pantalon, enlève son casque et se recoiffe face au miroir. Dorures dorées. Bien, propre, posé. Voilà. La première fois, cette lourde porte avait réussi à l'intimider. Quand il l'avait poussée, avec le pied d'abord puis toute la force de ses bras ensuite, ça lui avait fait comme s'il entrait dans le Moyen Âge. Quelque part où il n'a pas les codes.

47B12, la deuxième porte est en verre, moins lourde que la première. Il est habitué maintenant et n'a plus peur. Quand il vient ici, il se met en condition et coupe tout. Une bulle. Un rôle.

À grandes enjambées, une marche sur deux et sans bruit car les pas sont amortis par le tapis, Issa grimpe jusqu'au dernier étage, quatrième. L'immeuble sent bon le cirage et on pourrait tenir à quatre sur chaque marche. Il plonge sa main dans son caleçon, ressort en serrant le poing, sonne.

« Oh Félix ! Regardez qui voilà ! Notre chat préféré… » Colette lui passe la main sur le crâne. « Et à poil ras ! » Rires. Issa est à l'aise et sourit de bon cœur. Ça commence toujours comme ça et après elle finit dans ses bras. Colette ferme la porte : « Tu l'as notre soirée mon Félix ? »

La maîtresse de maison file dans sa chambre en titubant et revient avec sa boîte à collants. Aux yeux de tous, c'est là qu'elle cache son argent.

Accoudée à l'entrée, elle farfouille nonchalamment en faisant tout tomber, dont un rouleau de billets. Ses gestes sont fragiles, elle est bourrée. Autour, les invités scrutent Issa avec curiosité, l'air de pas mais quand même moyennement discrets. Au milieu de ses bas encore étalés, Colette lui tend l'argent en échange du sachet.

« Tu restes boire un verre mon chat ? »

« Non merci. Je t'ai dit Colette, le samedi j'ai du boulot. » Ce n'est pas tout à fait vrai. Il lui est déjà arrivé de rester discuter, enfin surtout écouter Colette parler. Issa aime bien Colette, a de la tendresse pour elle. Mais aujourd'hui il n'a pas envie. Il n'aime pas ses invités et cette ambiance guindée.

Colette se dirige vers la cuisine et répond de loin. « T'es un amour mon Félix. Philippe *baby*, tu sers un verre à notre invité ? »

Philippe a un pantalon en velours côtelé violet et des cheveux grisonnants pas coiffés. Il arrive avec la bouteille de Dom Pé en se tortillant comme un serveur de Disney. « Tiens mon ami, une petite lampée ! On s'est déjà vus, non ? Fais comme chez toi ! » Issa se demande pourquoi il le tutoie.

Les invités ne décollent pas le nez du plan de travail et Issa se retrouve soudain seul dans le salon, assis sur le canapé. Il pousse le plaid en fourrure qu'il pense être du vrai ours. Calme, il explore le décor. Des photos de mode, de gens nus et maigres pris en noir et blanc. Une foultitude d'objets qui ne servent à rien : un dé géant en verre. Un sablier. Des bougeoirs sans bougie. Des livres taille annuaires certainement jamais ouverts.

Philippe revient. Il s'assoit près de lui. « Ça va ? Félix, c'est ça ? Tu tapes pas ? » Issa sourit par politesse. « Elle est top ta came en tout cas ! » Et puis c'est tout, Philippe se relève déjà.

Colette sort de la cuisine, passe devant un miroir pour se recoiffer et se dirige vers le buffet.

Ses yeux fatigués sont exorbités. On dirait qu'elle est seule alors que son appart est blindé. Issa la voit faire, sur ses hauts talons et ses chevilles frêles. Il se surprend à penser que Colette ne trouvera la paix qu'une fois morte. C'est triste mais au moins, elle sera tranquille. C'est ce qu'il pense.

En se relevant, il remarque une tache de graisse de scooter sur ses Air Max blanches et trempe son pouce dans le champagne pour frotter. Allez, ça ira comme ça.

« Colette, j'y vais, bonne soirée ! »

Dehors, Issa remonte sa fermeture Éclair jusqu'au menton et active la musique depuis son oreillette. Des amoureux un peu ivres passent à côté de lui main dans la main et des gens finissent de dîner sous une terrasse chauffée. Il monte le volume plus fort. Partir. Vite. Recréer ce qui est à lui.

C'est depuis qu'il a vu l'état de panique qui habite cet appartement que la grosse porte d'entrée de chez Colette ne lui fait plus peur. Comme si elle était juste plus lourde pour étouffer les pleurs.

Il ouvre la visière de son casque et le vent lui fait du bien. Jusqu'aux Rigoles, il a presque tous les feux au vert.

J'arrive avant lui. Comme à chaque fois d'ailleurs ; j'arrive toujours en avance ou pile à l'heure. Je rêverais d'arriver un jour en retard quelque part. Débarquer l'air ahuri : « Désolée, j'ai pas vu l'heure passer ! » Cette phrase. Ce quelque chose d'insolemment léger.

Je m'installe au café de la place, comme on se l'est dit. Malgré le temps passé, j'ai la douce impression d'être en terrain conquis.

Derrière le bar, Reza a un peu vieilli. Nous nous disons bonjour en souriant, lui un peu surpris, et il me fait le geste de la main qui dit « j'arrive ». Reza a toujours été discret. Malgré toutes ces années, je suis presque sûre qu'il ne me posera pas de question.

Son long buste de serveur parfait a continué de s'allonger. À croire que le plateau fait pousser.

Quand il a commencé, Reza servait comme si ici était partout. Ce qu'il faut de politesse pour passer les journées. Il a compris au fur et à mesure l'importance qu'avait le lieu et a fini par y prendre goût. Du lundi au samedi, à partir de 15 h 30, des matchs de foot à l'arrivée de la BAC, Reza savait tout. Et son café est devenu le QG de notre monde entier.

Sur la terrasse, la disposition des tables a changé. Les sièges sont côte à côte désormais, comme dans les bistrots branchés où on parle sans se regarder sinon c'est torticolis assuré. Les verres à vin aussi ne sont plus les mêmes. Des bords fins, avec un trait qui indique la limite à ne pas dépasser. Quand Reza vient me saluer, je lui fais remarquer : « C'est chic chez vous, monsieur ! » Il fait un œil amusé : « Et le pire c'est que ça marche : on n'a jamais vendu autant de vin à la bouteille. »

Il sait que les Rigoles sont en train de changer. La place a des nouveaux bacs à fleurs, encore plus de poteaux, un tout neuf kiosque à journaux. Et en même temps difficile de se plaindre, dit-il : « On est pleins tous les jours. »

La place est toujours aussi habitée. Des tas de gens, sur les bancs ou debout en attendant, avec enfant, Caddie, ou sans… Le monde a toujours aimé vivre aux Rigoles.

Mon téléphone vibre.

Message : *Jte vois jarrive dans 2*

Je le vois aussi. Maba est à l'angle du centre de bronzage désaffecté avec les autres.

Je me demande s'il l'a dit et à qui, que nous allions nous voir. Si pour lui c'est un secret ou s'il s'en moque. Si lui aussi a secrètement pensé que tout pourrait recommencer. J'ai envie de me recoiffer mais je me retiens.

Dans mon ventre, des vagues. Une tempête même. Qui remonte dans mes mains et jusqu'à mes doigts, qui n'arrêtent pas de s'entortiller. Qu'est-ce-que je fais ici ? Qu'est-ce que je cherche ? Voir comment le temps est passé.

Il découvre son capuccino en mangeant toute la crème avec sa cuillère. Il est content, il n'a pas fumé depuis trois jours. Se sent bizarre d'ailleurs. Du mal à dormir le soir. Je ne sais pas s'il s'en rend compte, mais ses yeux sont gonflés. « J'espère que je vais tenir. Il faut hein… » Et re un coup de crème. La Poste n'a pas marché. Il a loupé trois jours et Pôle Emploi l'a radié.

« Alors, t'es plus au 87 ? »

Il sait bien que je ne vis plus là depuis longtemps. Mais comment commencer autrement que par ce qui nous lie : ici.

« Et oui… Je suis partie à 19 ans. »

Il hoche la tête. « Ouais. Mais tes darons eux ils sont encore là ? »

Là il a vraiment l'air de ne pas savoir. C'est bizarre. L'impression de se connaître alors que nous sommes si étrangers l'un à l'autre.

« Mais non ! Ils se sont séparés il y a longtemps. C'est des nouveaux dans la maison maintenant. »

Grands yeux.

« Il l'a trompée ? »

J'explose de rire mais sans rien dire.

« Tssss… C'est toujours comme ça chez vous… » Chez *vous* ? « J'me rappelle bien d'ton daron, il sortait le chien tous les soirs, avec ses grands cheveux bouclés là. Ah ah… C'est des baisés les hommes… »

Maba vit chez sa mère, avec ses deux sœurs et son petit frère. Enfin là il sort de prison. Il dit que ça va, que ça n'a duré que huit mois. Quand il a été arrêté, ses potes se sont rassemblés pour lui payer une bombe d'avocat et il a pu sortir plus tôt que prévu. Ils font souvent ça mais pour lui, c'était la première fois. Il dit que dans le quartier, tout le monde est déjà tombé.

Il boit une gorgée pour ponctuer et revient sur ma famille. « Je savais pas qu'ils avaient bougé… » Il pensait juste que mes parents étaient vieux et qu'ils ne sortaient plus. Il a loupé pas mal d'épisodes. Tout devient plus clair maintenant qu'il parle : à l'époque, lorsqu'il disparaît du quartier et que plus personne ne sait où il est, Maba est en fait exclu. De son appartement d'abord, de son collège ensuite. Il a 13 ans.

Sa mère ne paie plus le loyer, malgré les relances et deux avis d'expulsion, et le jour où l'huissier débarque, suivi de deux policiers, ils doivent partir. Sous le bras : sacs, enfants, et ce qu'il reste de dignité à traîner jusqu'à un hôtel bon marché. Durée : indéterminée.

Maba répète avec un sourire qui dit que c'est chaud mais qu'aujourd'hui, c'est loin : « Ouais, dans un hôtel. Une pièce de douze mètres carrés j'm'en rappelle. Pour nous cinq. » Le haut de ses ongles a complètement disparu. Petit déjà, il les rongeait jusque très loin.

Au-delà de l'espace intime totalement mis de côté, les besoins, comme on dit, de première nécessité en prennent un coup. Impossible de se laver tranquille, de dormir seul et dans la tenue souhaitée, de cuisiner pour manger. « Par mesure de sécurité » et pour « des raisons sanitaires », la chambre ne dispose de rien qui permette de faire cuire un plat. On mange froid, pour finalement sauter l'heure des repas. La tension monte vite et même si ce n'est de la faute de personne ça finit toujours par retomber sur quelqu'un. Le soir, quand Maba commence à s'endormir, un sursaut l'empêche de sombrer complètement. Son pied vient d'effleurer celui de sa mère, son frère respire fort. Il étouffe. « J'avais envie de tout casser. »

Quitte à vivre en enfer, autant avoir de la place. Alors Maba vit quasiment dehors, avec pour plus fidèle toit la capuche de son sweat Fila. Il ne s'est pas présenté au brevet, qu'il ne passera jamais, et a accepté la proposition d'un grand. « Pour un 15e tu prends 5. » En voyant mon regard, de la peine sûrement, il bombe le torse : « Bah ouais ma grande… Mais quoi d'autre ? Devenir prof de maths ? Flûtiste en duo avec Madame Mirèle ? »

Le samedi, dans la nuit, quand Maba s'ennuie entre deux rendez-vous, celui qui se fait appeler Dumbo lui propose une demi-heure dans une chambre avec des filles. La soirée se passe dans un hôtel, au-dessus d'un bar. « J'aurais pu faire tout ce que je voulais », un peu fier, comme pour oublier la misère. Mais les filles ont beau lui lécher l'oreille en sirotant leur cocktail, Maba n'a pas envie de ça. Sa vie le déprime. Les gars lui manquent. Une vingtaine de rues seulement le séparent des Rigoles mais… « Tu sais, la rue, t'y es où t'y es pas. »

Avec sa nouvelle activité, Maba s'achète son premier portable et reprend contact avec le quartier. Par contre, il n'y a que dans les films qu'on peut dire que rien n'a changé. Car quand il revient ce n'est plus pareil ; l'innocence de l'enfance s'est envolée.

Il recommande un café, un allongé cette fois. « Bien grand steuplé Reza. » En attendant que la boisson arrive, il y a un blanc, et son sourire bloqué par sa lèvre qu'il tord.

« Pourquoi tu souris ? » il me dit.

« Moi ? Pourquoi TOI tu souris ? »

Nous rions. Je crois que nous savons.

Le contact se recrée très vite. Comme chacun connaît les débuts de l'autre, c'est assez facile de se lancer, de partager. Nos langages ont le même paysage.

« Et sinon, les amours ? » Je n'ai pas envie de répondre à cette question, et en réalité, il n'a pas envie de savoir non plus. Il enchaîne rapidement. « T'façon vous vous mariez pas, vous. » Encore ce *vous*. Autant le premier m'avait fait rire, autant celui-là me vexe. Définitivement, « on » ne sera jamais ? Je fais mine d'ignorer la réalité qu'il me lance.

« Bah quand même, tu te souviens pas de la demande en mariage que tu m'as faite en CE2 ? » Il lâche un cri aigu, ouvre des grands yeux et se prend la tête dans les mains. Non. Il le jure sur le Coran, sur le Coran, non, il n'en a aucun souvenir. Je souris tranquillement, mais au fond j'espère qu'il ment.

« Et toi, sinon… t'es bien ici ? T'as pas envie de partir ? »

Il rigole d'un ton pas rieur du tout qui veut encore dire que je ne peux pas comprendre. C'est con, je suis venue pour ça. Pour ne surtout rien crisper, je fais un pas en arrière et enchaîne sur Sylvie. Je l'ai croisée, improbable, elle est enceinte. Des souvenirs, le passé, y a que ça pour faire la paix.

« Tu parles d'Aya ? Elle s'appelle Aya maintenant Sylvie. Ouais je sais, elle a déjà une fille. Elle est toujours là. » Il montre les immeubles derrière en allumant une cigarette.

J'ai envie de réessayer. Comme quand on cherche un objet perdu et qu'on retourne cent fois le même endroit espérant le retrouver. Au cas où on aurait mal regardé, ou au cas où la magie opérerait.

« Mais sérieux, t'aimes toujours bien ici ? »

Il envoie son sucre au bout de la table.

« Qu'est-ce que tu veux que je te dise ? *J'aime bien ici*… J'sais ap moi ! »

Je baisse les yeux parce que ma nostalgie me paraît tout à coup obscène. Maba est nerveux. Il se gratte les doigts avec les ongles qu'il n'a pas et soudain, j'ai envie de lui prendre les mains. J'ai envie que le temps s'arrête et que nous soyons amoureux, juste un peu. J'ai envie qu'on s'embrasse, qu'on se dise qu'on a pensé à l'autre pendant toutes ces années, qu'on se marre de notre enfance, de ce mariage qu'il dit avoir oublié, qu'on se dise les choses qu'on sait mais qu'on n'avouera jamais. Aucune réalité, pas le bruit, pas les gens, pas la rue, pas l'argent, aucune famille, aucun trottoir, aucune maison, juste maintenant. Comment sont ses lèvres, comment rigole-t-il quand il se sent bien, comment touchent ses mains, et la tête qu'il a le matin ? Et merde, on est là, et rien n'est comme ça, alors j'insiste. « Non mais, je veux dire… Moi par exemple, j'y suis attachée à ici, aux Rigoles. Même si ça a changé… »

Il vient de sortir son téléphone et actualise les résultats de ses paris sportifs.

« Attaché… ? Ouais… J'sais ap… »

Puis il redresse la tête et se met à parler. Sans me regarder :

« Bien sûr j'rêve de partir d'ici. La cité, les soirées dehors comme des chiens, à vendre de la merde, le trou… Tu serais attachée toi ? » Il répète « attaché » en riant bêtement et reprend. « J'aime, bien sûr, j'aime. Rigoles c'est ma zone, c'est chez moi. Et les collègues… Tu sais ! Mais cet endroit a rien à me donner ! J'deviens quoi ici ? »

J'ai maintenant honte de lui demander tout ça. De l'avoir embarqué là, « pour voir », me raconter des histoires… Et n'avoir finalement rien d'autre à lui donner que des différences, qui continuent à se creuser.

« J'savais tu demanderais des trucs comme ça. Mais j'peux pas me poser toutes tes questions. »

Ce qu'il veut dire c'est que s'il se les posait, tout serait encore plus compliqué. Mais quand même, il poursuit :

« Le truc… c'est que si j'pars j'change de ville total en fait. J'quitte tout. Je sais pas où… Le soleil en tout cas. Marseille… » Il y a été en vacances avec la bande. Chicha sur la plage, jet-ski, clubs, un kiff, il dit… « Ou… Je sais pas moi… Toulouse, même ça, j'connais pas ! J'veux rien en vrai. Juste être pépère. Construire ma vie. Avec une femme. Tranquille. Boulot. Gamins, inchall'ah. Normal quoi ! Comme tout le monde ! Mais en attendant, tu connais, on encaisse. » Les coups, l'argent, les coups, l'argent… Les coups surtout. Il dit tu connais parce que c'est une expression du quartier, pour ponctuer, genre *tu vois quoi*. Mais non, je ne vois pas. J'imagine, j'ai des idées, je croise entre ce que je vois, ce que je sais, ce qu'il me dit, mais je ne connais pas. Justement. On a beau essayer, on ne peut pas arrêter le temps.

Maba bloque sur un petit garçon, à côté, que les parents, occupés à s'expliquer, ont un peu oublié. Le petit joue à faire une potion dans sa coupe à glace. Il a laissé fondre un sorbet fraise et touille le liquide rouge, tantôt avec son doigt, tantôt avec le manche de sa cuillère. Personne ne le voit. Tout à coup, il prend son verre d'eau et verse ce qu'il lui reste dans sa glace. Vite, avant que les adultes ne lèvent la tête et le stoppent tout net. La coupe va déborder, va déborder, déborde… Il se jette dessus avant la grande marée et lape sa mixture en souriant. J'imagine comment Maba se voit, dans quelques années ou dans une autre vie. Lui aussi serait au restaurant, avec son fils. Il y aurait près de lui une très belle femme. Tous les trois iraient souvent manger dehors le samedi et au lieu de rester pour le dessert, ils rentreraient à pied et Maba achèterait des glaces, ou une gaufre. Il aurait une allure fière, un voyou sorti d'affaire, et porterait des lunettes de soleil sur le front, même la nuit, en souvenir du style d'ici.

Il y a un long silence et, ce qui suit est ridicule, je me mets à essayer de relativiser. Avec des phrases à la con qui disent que tout va bien se passer : « Mais tout ça va arriver, il faut juste un peu de temps, être patient… »

Son regard est noir : « T'es golri toi. Quel temps ? Combien ? Nique sa mère le temps ! » Sa main tape contre la table et la vaisselle chancelle. Il se replace sur sa chaise, conscient de s'être laissé être ému, et donne un coup sur son téléphone pour faire apparaître l'heure. « Vas-y, bref, et toi ? C'est long pour être architecte ? »

Nique sa mère le temps. Si Suzanne était née rue des Rigoles, et qu'elle était aussi née peu avant l'an 2000, elle aurait aimé cette manière de dire. Elle le pensait très fort, que maintenant était tout le temps. Et inversement.

Je réponds que l'école d'archi dure entre cinq et sept ans et les années passées lui font gonfler les narines. Il prend sur lui : « Et alors, tu fais des maisons maintenant ? »

« Pas encore. »

« Bah tu fais quoi alors ? » Il a versé son sucre dans sa tasse vide et l'écrabouille avec le dos de sa cuillère.

J'essaye de raconter : les gros projets, la pression… que je ne suis pas sûre… Mais il n'écoute plus.

« Tu t'en fous de ce que je te raconte hein ? »

« Tssss… C'est pas ça… T'es une galère… T'hésites alors que t'as un diplôme de sept piges… » Il lève la tête et salue une voiture qui passe. « Si j'étais un architecte moi la vie ça serait une fête. » C'est fini. Je crois que j'ai été trop loin, trop vite, ou que j'ai trop rêvé. Une Vespa jaune poussin ralentit, se met à klaxonner et nous fonce dessus, au milieu des clients. Le casque pendu à son cou, Issa se plante devant nous.

Maba : T'es un gamin mon frère, y a quoi ?

Issa : On t'appelle depuis tout à l'heure gros, tu réponds ap !

Issa nous regarde, un coup l'un, un coup l'autre, les yeux grands écarquillés : Des barres ! Vous faites quoi tous les deux ici ? À l'ancienne !

Maba : Espèce de tarté va, on prend un café, ça se voit non ? Y a quoi ? Et c'est quoi ta mobylette de tarlouze là ?

Issa, à lui : Fais pas crari, t'aimes pas le café ! Y a Lesto il t'cherche. Et ça c'est Frédéric il l'a ramenée, c'est une Vespa d'Italie frère !

Issa, à moi : Franchement ça fait plaisir ! Depuis le temps ! Ça dit quoi ?

Je m'apprête à répondre mais Maba me coupe.

Maba : Elle va bien, elle est devenue « architecte » la dame. Tu vas où ?

Issa : Stade. T'es au courant pour les gars qui sont venus filmer ? Wallah ils ont craqué d'arriver comme ça.

Maba : Ouais j'sais. Vas-y, j'arrive. J't'ai appelé tout à l'heure tu dormais ou quoi ?

Issa : Quel dormir ? C'est ma mère gros. Elle me les brise là.

Maba repose sa cuillère dans sa tasse vide, comme pour dire qu'il a terminé, et déclare sans me consulter : « Vas-y j'arrive, je te rejoins. »

Issa remonte la rue à fond la caisse et salue la troupe devant le centre de bronzage fermé. Son scooter roule sur une brique de jus multivitaminé et des pigeons s'envolent. Feu d'artifice gratuit.

« Bon, t'as vu, je vais devoir y aller. » Je n'ai pas fini mon Perrier. « On refera ça ! » Je sais qu'il n'y croit pas. Il se lève l'air sérieux, tirant sur sa ceinture pour relever son pantalon ; comme les cow-boys. J'initie un mouvement pour aller payer mais il part devant fermement : « Tu m'inviteras quand t'auras construit un château. »

Le temps qu'il règle et qu'il revienne, qu'on se dise au revoir, prends soin de toi, vas-y, salut, il a retrouvé son regard détaché. Un roc froid, déterminé, mille fois plus confortable que les regrets.

Je sens des picotements m'envahir. Comme de la tristesse qui gratte. La vie d'adulte a transformé nos deux trottoirs en tranchées.

Le visage de Suzanne me paraît encore plus reposé que la dernière fois. Depuis ma première visite avec ma mère, juste après son accident, les plaies sur son visage ont cicatrisé et il me semble aujourd'hui que ses cheveux ont été lavés. Je suis surprise en la voyant si calme, si belle. Comme si tout allait bien. Une longue sieste.

Cela fait maintenant deux mois que Suzanne est dans le coma. La médecin cheffe m'a expliqué qu'ils l'avaient changée d'étage pour libérer la place aux cas plus urgents. Elle dit que la situation pourrait durer encore longtemps.

Sur la table, il y a des bouquets de fleurs.

L'autre fois, je n'avais pas réussi à lui parler. Quand j'étais entrée dans sa chambre, le cadre m'avait figée. L'odeur, les bip de son cœur, les sondes pour la nourrir… Avec ma mère qui avait fait le déplacement, je m'étais pourtant fait tout un film. Mais elle l'avait fixée en pleurant silencieusement et moi, je n'avais rien pu dire. La scène était lugubre. Ce n'était plus Suzanne. Tout ça pour ça ? C'était une arnaque. Un scandale. La mort.

Aujourd'hui je me sens plus forte. Ce qui est visible n'est qu'un décor, à moi de fabriquer le reste. Sans idée bien précise de ce que je vais lui dire, je me mets à lui parler. Au début c'est un peu étrange, je déblatère à toute allure et pas dans l'ordre : papa et maman t'embrassent, les travaux gare Montparnasse, le jeune à l'accueil, en bas, sa voix monocorde (*à votre droite en repartant vous prendrez l'ascenseur jusqu'au troisième puis en sortant encore à droite vous longerez l'espace famille la 309 se situera sur votre gauche*), les vieilles dames dans le couloir qui partent en rééducation, la tronche de leurs chaussons… Il y a un long silence évidemment, puisque quand je ne parle pas personne d'autre ne le fait, puis je reprends. Avec plus d'entrain, et plus de sens. Je l'interpelle : Et puis il y a les Rigoles aussi, tu sais. J'y suis retournée. J'ai revu la maison. Maintenant j'essaye de recoller… C'est grâce à toi Suzanne, tu sais ?

Je suis la courbe de son corps qui se lève sous les draps, la veine de sa main qui bat sous sa peau, et je réalise qu'elle ne saura jamais pour son prunier. Nous en étions restées là : se demander si les Allemands en avaient profité.

Je commence à lui parler de la fin, mais sans utiliser le verbe mourir parce que Suzanne le déteste. Le trou noir lui a toujours fait peur. Suzanne ne veut pas que les choses s'arrêtent.

J'utilise donc le mot « après ». Je dis qu'*après*, donc, quand tu ne seras plus là, Suzanne, faudra pas t'inquiéter, tu seras toujours là. Ça changera juste qu'on se verra moins, et encore. On se verra autrement. On se donnera rendez-vous ailleurs. Sûr que t'auras moins bonne mine qu'aujourd'hui, mais… Tu seras toujours là, promis.

Je pleure à grosses gouttes mais je crois que je ne suis pas triste. Ça ne va pas s'arrêter comme ça. C'est même toi qui me l'as appris ! Suzanne ! Quand tu disais que le passé, le présent, l'avenir, c'étaient des décisions ! Tu t'en souviens ? Que rien n'était vraiment « passé », que tout pouvait être aujourd'hui. Qu'au fond et qu'en d'autres termes, nique sa mère le temps.

Elle est là, je le sens. On est ensemble. C'est juste différent.

Au moment de partir, je lui dis un mot qu'elle déteste à tout prix : merci. Oui. Je sais que tu voudrais que je te dise adieu Suzanne. Toi la fière, toi la dure. Mais je préfère te dire merci. Pour ta liberté, tes histoires de fils qu'il faut tirer.

Je m'assure que les draps sont bien mis, qu'elle n'a pas froid, je l'embrasse sur la main et puis je m'en vais. Dans les couloirs, je recroise la médecin cheffe et lui dis de ne pas hésiter à m'appeler en cas de besoin : son fils est militaire, il est souvent sur le terrain. Moi, je suis comme de la famille.

C'est samedi, il est 15 h 30.

Je marche jusqu'à la gare en longeant le jardin des Plantes de Nantes. Étrangère à ce qui m'entoure. Détachée de tout. Soudainement, mon esprit se détache et me regarde. Une photo prise d'en haut. Je me vois : mes cellules sont en alerte, resserrées sur elles-mêmes, concentrées et en même temps, sereines. Ce que je vois me plaît : je sais où je vais. Je sais ce que je cherche.

Sur le boulevard, je croise un panneau qui indique un château. Je ne savais pas qu'il y avait un château à Nantes. Il paraît important, encerclé d'une pelouse parfaitement taillée. Des gens font la queue pour entrer.

J'imagine le monde d'ici avant, avec des épées, et des cottes de mailles. Une vieille dame qui vend des porcs encore vivants au marché. Les chevaux ont remplacés les voitures. Les rues sont sales et il n'y a pas de feux de signalisation. Les femmes marchent en sabots et les hommes sont tous gros. Le monde parle fort. Un pilier de bar aux joues rosées fait la cour à une tôlière. Est-ce qu'eux aussi pensent qu'il n'y a rien de plus important que leur vie ? Que maintenant est unique ? S'ils savaient qu'aujourd'hui ce château se visite, et que certains de leurs sabots y sont exposés. Ils seraient sûrement flattés. Rassurés qu'on sache un peu qu'ils ont existé. Que même après, ils demeurent, dans la mémoire et dans l'Histoire.

Devant la gare, un homme dans une voiture aux vitres teintées fume une cigarette. Son téléphone est allumé sur une application de VTC. Il attend son client. C'est trop grand, le temps.

C'est le jour de mon rendez-vous avec Aya. Elle vit toujours aux Rigoles, avec sa mère et sa fille. Un F4 pour trois.

Dans la rue, il fait beau et les arbres sont tout éclos. Avec leurs touffes de feuilles ramassées vers le haut, on dirait des coupes de cheveux disco. À cette période-là de l'année, les fenêtres sont souvent ouvertes. Les odeurs s'échappent des cuisines et les Rigoles absorbent les vies qui mijotent. Ça sent l'aigreur du « Jumbo », base de bouillon hallal, pot jaune écrit en lettres rouges, avec un bouquet d'huile frite, de vapeur de riz et de sauce qui se marient. Une casserole tombe par terre et j'entends crier. Un marre d'ici, marre de vivre dans du rétréci. Bébé pleure un coup puis le calme ressurgit.

On entend tout aux beaux jours. Une fois, j'avais surpris un couple faire l'amour. Ils hurlaient, l'homme et la femme, et je crois bien que tout le monde écoutait. À la fin, il y avait eu une joie générale dans l'air. Comme si depuis leur lit ils avaient aimé pour nous aussi. Ça faisait toujours drôle quand l'intime se montrait dans la rue. Comme quand l'ex de Fanette était revenu en pleine nuit et qu'elle l'avait chassé de toutes ses forces : « J'appelle les flics, j'appelle les flics espèce d'enculé ! Tu nous approcheras plus jamais, fils de pute ! Race de merde ! » Ça m'avait réveillée, la police avait débarqué.

Je remonte la rue, à l'angle de la place, je repense à Issa, qui conduisait une Vespa l'autre fois. Même si nous n'étions pas très amis, Issa avait toujours été là. Avec Mehdi (le duo favori), mon père les appelait « les petits malins ». Le soir, avant le dîner ou le week-end en journée, ils appelaient sur mon fixe et faisaient des blagues téléphoniques. Quand c'était moi qui décrochais c'était marrant, mais quand mon père répondait… « Allô ? Monsieur Babouin ? Euh…. C'est au sujet de votre fille… Zebiiiii !!!!!! » et paf, ils raccrochaient. « C'étaient tes copains les petits malins… », et moi je faisais mine de rien. Je ne voulais pas que mes parents sachent, ma vie dans le quartier, que je m'étais presque mariée à l'heure de la récré. Un trottoir, ou l'autre ; j'avais toujours l'impression qu'il fallait choisir.

Comme ce jour : une après-midi, mon père avait oublié ses clés sur son scooter, dehors, en face de la maison, et le scooter avait disparu. Il était sorti, était allé voir le groupe de gars qui traînaient là où il l'avait garé. Parmi eux, Mehdi, deux que je ne connaissais pas, et Maba. De la fenêtre de ma chambre, j'observais la scène. Les gars levaient les mains en jurant et mon père insistait. C'était horrible : les deux hommes de ma vie s'affrontaient et au fond de moi, je rêvais que chacun l'emporte. Que Maba et ses potes gardent le scooter, parce que quand même, quel beau coup… et que mon père récupère son scooter, parce que quand même, pauvre papa. Finalement, un grand était intervenu et le scooter était réapparu. Sans rancune.

Maba ne connaissait pas son père. Celui de Sylvie habitait au Mali. Celui d'Issa s'était enfui. Je m'en souviens comme si c'était hier : nous étions en classe de nature en Auvergne le jour où Issa m'avait raconté. C'était le dernier jour du séjour et nous devions tous nettoyer le centre avant notre départ. Issa et moi étions dans la même équipe, chargés du sous-sol et du rez-de-chaussée : laver et ranger la pièce où avait eu lieu la boum, nettoyer le sol où la boue des chaussures avait fini par coller.

Au sous-sol, nous regroupions lentement les confettis en discutant. Lui à la pelle, moi à la balayette. Nous étions dans la même classe mais c'était la première fois qu'on se retrouvait vraiment seuls ensemble. Pour faire passer l'après-midi, j'avais apporté ce qu'il me restait de bonbons dans mon colis : ma mère m'avait envoyé un gros paquet à partager, avec une carte postale que j'avais fixée sur le mur près de mon lit. Entre deux Dragibus choisis méthodiquement, Issa avait lancé que wallah, sa mère à lui n'aurait jamais fait ça.

En versant les confettis dans le grand sac poubelle qu'on nous avait donné, il avait poursuivi : « Mais bon moi c'est pas pareil. Ma mère elle est folle. » Je lui avait dit de ne pas dire ça, que ça se faisait pas, mais il avait insisté : « En vrai ! Elle prend des médicaments tous les matins et un aussi le soir maintenant. »

Des confettis tombaient à côté du sac et Issa les ramassait à la main, l'un après l'autre, en collant la peau de son doigt contre chaque gommette. Il continuait à me parler, lui par terre, moi debout sur une chaise pour décrocher les guirlandes fixées aux murs. Tous les deux dos à dos, sans se regarder pour certainement mieux se parler.

Issa disait que la maladie de sa mère s'était déclenchée lorsque son père était parti.

Il y a deux ans, toute la famille l'avait vu rassembler ses affaires, sans un mot, jusqu'à ce qu'il explique qu'il repartait au Mali. Il avait pris son billet en cachette. Issa l'avait supplié de partir avec lui mais son père lui avait dit : « Toi tu restes, il y a des bonnes études ici et je te charge de veiller sur ta mère et ta sœur. »

Issa l'avait toujours su : son père n'aimait pas sa vie en France. Le soir, un peu avant 19 heures, il enfilait un imper si rigide qu'il ne pouvait plus bouger les bras une fois qu'il l'avait fermé. Il était employé par une société de nettoyage qui intervenait dans différents bureaux, de nuit, aux portes de Paris. Il lavait les vitres, passait l'aspirateur, nettoyait les toilettes et chaque table en dessinant d'habiles zigzags autour du clavier et des dossiers. Lorsqu'il rentrait, vers 0 h 30, tout le monde dormait déjà alors il mangeait ce qu'il restait sans le faire réchauffer et s'endormait sur le canapé. Parfois, le matin, Issa le retrouvait avec la télé encore allumée. « Il aimait pas ici ! J'te jure : le week-end, il passait ses journées en boubou, comme au bled ! Et en hiver il portait encore ses claquettes ! » Il avait dit ça en rigolant alors j'avais ri aussi.

Ce fameux jour où son père avait passé la porte avec sa grosse valise, Issa et sa petite sœur pleuraient, avec des hoquets qui finissent par faire mal au ventre, et sa mère s'était mise à hurler par la fenêtre. « Ce jour-là j'ai cru qu'elle était possédée. Elle avait le diable en elle. Et en fait c'est depuis ça qu'elle est malade. » La mère d'Issa avait passé quelques jours à l'hôpital. De ce qu'il avait compris, elle avait eu « un choc de post-traumatisme ». Il se souvenait de ce jour, et de combien ses jambes avaient tremblé… tremblé… tremblé… « Ça avait duré plusieurs jours que je tremblais, tremblais, tremblais. »

Il m'avait raconté une scène à laquelle il m'arrive encore aujourd'hui de repenser : un soir, la mère d'Issa avait balancé une marmite pleine alors qu'ils allaient se mettre à table. Ils vivent au neuvième. Les voisins étaient sortis dehors, une vieille criait qu'il fallait l'enfermer. Issa et sa sœur avaient dû descendre tout nettoyer et elle, la mère, s'était enfermée dans la salle de bains toute la soirée. « On criait *sors maman c'est bon* et elle pleurait, pleurait, pleurait. » Issa avait eu peur que lui et sa sœur soient placés. Que des gens appellent la police et qu'ils soient séparés. Alors ce jour-là, il s'était juré de tout gérer. Gagner de l'argent et être aussi fort que son père. Ce qu'il est un peu aujourd'hui, grâce à toutes les Colette de sa vie.

Je monte les escaliers parce que l'ascenseur est en panne. Aya m'attend sur le pas de sa porte. Nous rions déjà, de nous revoir là.

Dans le salon, sa mère regarde la télé sur un immense écran plasma.

« Maman ! »

« Qui c'est ? »

« Maman !!! »

Sa mère se retourne et lâche un cri aigu. Elle se lève et me prend dans ses bras.

« Ça fait longtemps, toi. »

Rien n'a changé. Une table pour manger, un grand buffet, une étagère coupée exprès pour la télé, trois chaises et un grand canapé. Pas de photo. Pas de bibelot. Juste un tableau en bois, avec un verset du Coran gravé.

Je retrouve des sensations : l'appartement spacieux mais qui paraît en carton. Les murs en placoplâtre qui tremblent quand on marche.

Au sol, une sorte de faux parquet qui donne chaud aux pieds toute l'année, à cause du chauffage central. Quand on était petites, la chaleur traversait tellement les chaussettes que j'aimais bien me mettre pieds nus. Je trouvais ça drôle, mais aujourd'hui je sais que c'est parce que les immeubles ne sont pas isolés et donc que c'est soit ça, soit un coup de vent et pan. La porte d'entrée n'a comme poignée qu'un trou, dans lequel on met les doigts pour ouvrir et pour fermer. Aya dit que c'est ce qu'il reste de la dernière perquis'. Que quand ils cherchent quelqu'un dans le bâtiment et que personne n'ouvre quand ils toquent, les policiers cassent.

Je suis Aya jusqu'à sa chambre. Son lit est recouvert des peluches de sa fille. Elle s'appelle Jennie. Elle a les cheveux nattés et noués avec des élastiques d'où pendent des étoiles.

Nous nous installons toutes les trois et Jennie se jette sur la tête de sa mère pour la coiffer. Elle me demande : « C'est vrai que tu es une copine de ma maman de quand elle avait mon âge ? » C'est vrai.

Moi : « Alors, t'as changé de prénom pour de vrai ? » Aya se marre. « Oui, enfin non, ça a toujours été mon nom tu sais mais maintenant je le dis en premier. Mes parents avaient choisi Sylvie pour que ça colle au pays mais faut pas déconner… Aya ça marche aussi ! » Elle me raconte qu'elle n'est plus avec le papa de Jennie. C'est d'un autre, un gars d'ici, un gars d'avant qu'elle attend son deuxième enfant. J'essaye d'en savoir plus mais elle ne veut pas dire de nom, pour ne pas que ça s'ébruite.

« Et toi ? J'parie que t'es pas mariée ! » Je ris et elle embraye : « Les hommes que tu rencontres, dis-moi, ils savent cuisiner ? Parce que le mien, elle dit ça en tapant sa main contre le matelas, il sait faire que des bolognaises ! J'te jure ! Sur ma vie j'en peux plus des bolognaises ! » Elle parle comme ça, en passant d'un sujet à l'autre à toute allure, aussi vive qu'elle l'a toujours été.

« Et Maba ? T'as des nouvelles ? Ça c'était l'amour ! » Je ne lui dis pas que nous nous sommes revus.

Sylvie ne voit plus beaucoup Maba. Elle ne voit plus grand monde de notre époque d'ailleurs. Avec Jennie et son travail, elle n'a plus la même vie que les autres. « On grandit aussi, c'est normal. » Dans un sourire, Aya me lance qu'elle ne se souvient pas de ce qui nous avait séparées à l'époque mais dit quand même : « J'étais paumée j'te jure, vénère contre tout ! Il fallait se construire quoi… » Nous n'en disons pas plus mais ça suffit. Maintenant, on sait. Bientôt, elle va déménager. Pour quitter sa mère, vivre avec son amoureux, et pour partir d'ici. Je fais une drôle de tête – sans m'en rendre compte, et elle dégaine : « Bah quoi ? On va pas rester ici toute la vie ! Faut avancer ! »

Cette phrase, précisément. Pour son côté du trottoir, pour Aya, la rue des Rigoles était un lieu de transit. Un lieu pour dépanner, où on n'avait pas envie de rester. Un lieu pas choisi, pas valorisant, et d'où pour réussir il faudrait forcément partir. Comme la voisine qui ne voyait pas le rapport aux souvenirs depuis sa fenêtre, la clope au bec. Quand elle pensait à l'avenir, Aya n'envisageait pas une seconde de rester ici. Elle le disait de manière évidente : la vraie liberté commencerait après.

Pour le côté d'en face en revanche, côté maisons, c'était l'inverse : la rue des Rigoles marquait une ligne d'arrivée. Un aboutissement. Une fierté. *On va pas rester ici toute la vie !* Moi j'aurais pu.

« En plus c'est plus pareil depuis quelque temps. Y a plus la même ambiance. Les gens ils partent… T'as vu que le Lidl il a fermé ? » Il a été remplacé par un Auchan et les prix ont doublé. Comme La Halle aux Chaussures : c'est un Biocoop.

Aya dit : « Le quartier est en train de changer et tout le monde n'est pas invité, tu vois ? » Je vois. Je me dis même que sa phrase aurait pu faire partie des punchlines de Romuald.

Toujours pas besoin de la relancer.

Aya a été auxiliaire de vie pendant quatre ans : un vieux qui ne voulait pas qu'elle lave ses assiettes et dont la cuisine puait, une dame qui se faisait dessus et qu'elle devait nettoyer, et une qu'elle aimait bien, avec qui elle parlait de la société : « Celle-là me demandait si je ne trouvais pas qu'il y avait trop de Noirs en France. Je répondais… Bah… vous voulez dire… noir comme moi ? Elle était mignonne, elle me disait que non, que moi c'était pas pareil ! J'te jure, les gens… » Aya a démissionné parce qu'elle ne se sentait pas assez formée, et parce que c'était l'usine. Elle m'explique qu'elle devait courir d'un vieux à l'autre alors qu'ils habitaient aux quatre coins de la ville, qu'à peine débarquée il fallait repartir, et bref qu'elle n'avait jamais le temps de bien s'en occuper. Un jour, un homme chez qui elle travaillait s'était étouffé avec un morceau de pain. Elle n'avait pas su quoi faire, et de toute façon il était tellement lourd qu'elle n'aurait rien pu faire. Le morceau de pain était passé tout seul mais elle était rentrée chez elle en larmes et s'était promis qu'elle ne travaillerait plus avec des humains. Dommage, elle aimait bien aider.

Je lui demande ce qu'elle aurait aimé faire, je veux dire, si elle avait un métier de rêve, et elle me répond qu'elle aurait aimé être psychologue. « Pour aider les fous. » Tandis qu'elle parle au passé, je regarde : son ventre arrondi et sa fille qui sort la langue en jouant avec des bigoudis.

En sortant de chez elle, dehors, affiché sur la grille à côté de l'interphone, un panneau de permis de construire flambant neuf m'arrête :

NATURE DES TRAVAUX : réhabilitation de 735 logements, construction d'une passerelle desservant l'un des bâtiments en cœur d'îlot, réfection de l'étanchéité du sol de la cour, création de jardins collectifs et d'une zone d'agriculture urbaine, ravalement de l'ensemble des façades.

Isolation thermique, phonique, désamiantage, déplombage, embellissement. Enfin.

Fin ?

Été

La ville se vide de ses vacanciers et me laisse la place de poursuivre ma traversée. Je veux encore savoir, continuer à me rappeler, tout noter pour tout conserver.

Ce jour-là, c'est samedi. Une collègue qui s'appelle Marie m'a invitée à passer à la fête de son quartier : place des Rigoles. Elle appelle ça « La fête du Village ». Je n'en ai jamais entendu parler. Quand elle me propose, je ne dis rien. Elle a l'air d'être si heureuse de me faire *découvrir*.

En arrivant, depuis la rue d'à côté, j'entends la place jouer. Il y a de la musique, des enfants qui crient et des ballons qui explosent. C'est bizarre. De mon temps, la place des Rigoles ne montrait jamais aux autres qu'elle existait.

Plus je m'approche plus les couleurs et les bruits se dévoilent. Des tentes blanches, des stands de jeux, des stands de vêtements, des stands pour manger, des stands de théâtre. Des pots de fleurs géants. Ça sent la saucisse grillée. Les arbres sont recouverts de guirlandes en papier. Je jette un œil au café. La terrasse est bondée. Reza est là. À côté, une banderole a été affichée : « Le village c'est nous ! ».

Brusquement, au milieu de toute la cohue, la place m'apparaît comme un personnage. Le dos courbé, elle fait les cent pas et je crois l'entendre marmonner. Elle est ridée, fatiguée. Comme si le temps s'était essuyé sur ses joues.

Pour l'occasion, les habitants l'ont maquillée : les poteaux tout peinturlurés, les lampadaires auréolés de ballons colorés et du gros rouge à lèvre sur le pavé, voilàààà, si grossièrement étalé qu'il l'empêche de parler.

Il faut faire la fête ! Allez souris la place ! Et fais-nous sauter !! Et voler !!! C'est la fêêêêêêêêête !!! Après tout, elle est *au service de*, la place.

Marie est au stand de vêtements avec son fils. Je la vois de loin. Elle lui a acheté des pantalons légers pour l'été. Des « bermudas », dit-elle en les sortant du sac un à un. Elle m'explique :

« Donc tu vois ici c'est un peu le cœur du Village, la place Henri-Malberg. Tu as la place de l'Église aussi, mais elle est en travaux en ce moment, ils sont en train de l'agrandir. Ce coin a vachement de potentiel… Tu veux un truc à boire ? »

Henri Malberg ? Je me retourne vers l'emplacement du poteau, et je vois. La plaque brille et des dates ont été ajoutées. La place des Rigoles a été renommée.

À cet instant précis, je vis un flash. Ça me fait comme un vide, un blanc, mon corps est embarqué dans les éléments. Je revois la place, sa gueule enfarinée à mon arrivée, et à nouveau, je l'entends. Elle gémit, comme un fantôme ou un vieil otage maltraité.

« Je veux pas rentrer !!!!! Maman !!!!!!!!!!!!! Je veux pas rentrer !!!!! » Un petit garçon en colère interrompt ma vision. Il vient de s'écrouler à nos pieds, hurle un cri aigu et fait le mou quand sa mère tente de le relever. Le guidon de la trottinette dans le nez et son sac en bandoulière ouvert prêt à se renverser, la femme hisse son fils en nous regardant l'air gêné. « Simon, maman a le droit de te dire non ! » Il tape des pieds au sol et chaque coup donné me paraît être une blessure en plus à la place. Mon imagination se la représente désormais en champ de bataille. Une masse de pavés contusionnés. Je m'écarte.

Pendant que Marie fait une dernière affaire, j'envoie un message à Aya.

Tu viens à la fête du Village ?

Réponse aussitôt :

Slt

c quoi la fete du village

j'ai bougé on est dans le 94 mtn

Quoi de neuf toi ?

La phrase de Romuald me saute à la gueule : « Concevoir des lieux, c'est décider de ce qui peut avoir lieu ! » Et Aya est partie.

Nous allons chercher une glace à la Pâte de l'Aigle, un haut lieu du quartier qui fait des sorbets renommés. L'orange sanguine me ramène en Sicile. Mon premier stage. Là-bas, les places ne portent que des noms de saints. *Così*, pas de jaloux chez les humains.

Marie habite là depuis quelques mois. Avec son mari, ils cherchaient à acheter mais leur coin était trop cher. Ici leur avait tout de suite plu. Elle m'explique pour me persuader, avec l'adjectif petit devant chaque argument : l'esprit petit village, les petits commerçants, et cette petite place, j'adore tellement…

Après la glace, Marie rentre chez elle et je vais m'asseoir en terrasse. Il fait une chaleur à crever. Je choisi une place d'où je peux tout regarder.

Je crois que si quelqu'un devait me décrire, je serais ce genre de femmes qui s'installent seules au café, le samedi matin. Elles ont le regard vide des mauvais amants à rayer. Mélangent longuement leur boisson, éloigner la brume avec des mouvements. Faire de la place, et faire diversion.

Reza s'approche de moi. Il me demande si j'ai trouvé mon bonheur à la brocante. Je réponds que non mais par contre, est-ce qu'il peut m'expliquer : qui est Henri Malberg ? « Un communiste ! » Il dit ça en minaudant, comme si le mot sortait d'une réplique connue. Il commande mon café et revient pour me raconter.

Ça date d'avril dernier. Un vendredi, s'il se souvient bien. Tôt le matin, des chaises avaient été installées. Personne ne savait ce qu'il se passait alors lui se disait : un truc d'associations, un concert ou une sortie pour des élèves… Tout à coup, il voit plusieurs voitures se garer. Des belles voitures hein, style voitures de politiques. Les gens s'assoient face à un pupitre, qui a été installé avec un micro. Là, ça commence

(Reza mime) : « Mesdames, messieurs, etc. » Chacun fait son discours, ça dure des plombes et il comprend que la place va être renommée du nom d'un ancien homme politique et habitant du quartier, à ce qu'il paraît. Tous portent l'écharpe tricolore, avec un pompon doré pour les plus haut placés. Je demande s'il y avait du monde. « Le gratin j'te dis ! » Une quarantaine de personnes, et même des journalistes. « Par contre, il n'y avait quasiment pas de gens d'ici. »

Reza revient sur le moment précis où ils ont inauguré le nouveau nom, avec tout le cérémonial : un drapeau, que les élus tenaient du bout des doigts, des sourires, un moment de silence genre suspense, et hop, ils tirent le drapeau, flash photos, nouveau poteau. Applaudissements. Tweet. Retweet. Fin.

L'idée avait été votée à l'unanimité un an auparavant – *l'unanimité* du Conseil de la ville s'entend, pas des habitants. À la Ville, un groupe était dédié à ces projets. Je trouve son intitulé très beau : *en charge de la mémoire et du monde combattant*. Dans l'organisation, celui-ci propose des noms de personnes à honorer, et le Conseil dispose. La même année, ils avaient inauguré une rue Antoinette-Fouque, un jardin Kateb-Yacine, une allée Sœur-Emmanuelle.

Reza me dit que Malberg était un gars connu dans le quartier. Que visiblement il avait beaucoup agi, pour les pauvres et pour les étrangers. « Alors tu vois ils se sont dit, *ici ce sera parfait*. Après moi j'avoue j'en ai jamais entendu parler… » Pensive, je réponds que moi non plus et remarque à nos têtes que nous nous sentons un peu bêtes. Reza doit retourner en salle et nous nous quittons perplexes. Comme si on réalisait tout à coup qu'on s'était gourés, que tout ce temps, on s'était raconté des histoires. Grand, majestueux avec ses ornements sculptés, ce panneau à l'air de héros de guerre nous fout le doute, nous dépossède de ce que, pourtant, nous pensions plus sûr que tout. Et si on ne savait rien d'ici ?

Je suis un peu perdue. En colère, oui, aussi, mais fragile surtout. Je sais bien ce que c'est que l'Histoire, celle avec un grand H que des personnes choisissent, puis écrivent. J'ai étudié tout ça : que l'Histoire est une affaire de tris, que ceux qui la racontent n'y ont pas tout mis. Je le sais mais ne l'avais jamais éprouvé : l'instance suprême qui envoie tout balader. Et cette sensation que, même s'il ne parle pas de toi, quand le manuel se refermera, il t'étouffera. CLAC.

Mémoire : *fonction qui permet de conserver, garder des informations.*

Quel drôle de métier, que de décider de la mémoire. Qui garder, qui écarter… Se dire qu'il y a des bureaux où des gens organisent cette mémoire, officielle, absolue, écrite au singulier. J'imagine des ouvriers dans un film en accéléré : la transmettre par centaines puis par milliers, par mail et par courrier, l'imprimer et la ranger petit à petit dans de gros dossiers bien classés : MÉMOIRE 1 ; MÉMOIRE 2 ; MÉMOIRE A ; MÉMOIRE B ; MÉMOIRE DES CHAMPS ; MÉMOIRE DES VILLES… ils classeraient, vite et par couleur, date et localité. En rentrant chez eux, les salariés raconteraient à leur dîner : « Vous voulez savoir ce que c'est, la dernière Mémoire ? » – le dernier truc qu'on a gardé, face à tout ce qu'on a supprimé. « Oui papa, oui maman. » Les enfants l'apprendraient par cœur, sans se poser de question, parce que c'est comme ça, c'est l'Histoire.

Si tout le monde avait un bureau aussi bien équipé que ces salariés de la Mémoire, sûrement que l'Histoire contiendrait encore plus. Et encore mieux. Mais alors, aussi, sûrement que chacun essayerait d'étirer son morceau sur la frise : « Mais poussez-vous ! », « Bah quoi ! Je suis là moi aussi ! », « Et ma mère, il n'y a plus de place pour ma mère ?! ». Les bureaux de la Mémoire seraient tellement chargés que les murs finiraient par s'effondrer. Et là, il y aurait une guerre. Une guerre de mémoire, où chacun voudrait avoir une part. Sa part. Sa place. Laisser une trace.

J'arrête parce que cette fin de scénario me fait penser à maintenant. Merde, je voulais inventer et en fait la guerre sonne comme la réalité. Respire. Ça va aller. Y a d'autres moyens pour honorer ! C'est d'ailleurs peut-être pour ça qu'existent les albums photos, le théâtre, les livres. Pour créer des alternatives à ceux qui ne travaillent pas dans de grands bureaux. Pour qu'il y ait de la place pour tout le monde. Pour que personne ne soit oublié. Parce que c'est quand même ça, le nœud de l'affaire : la terreur de vivre et mourir sans que rien ni personne ne s'en souvienne.

Alors, moi contre un poteau, K.-O. ? Les Rigoles, *ciao* ? Non. Parce que l'histoire que je me suis écrite ici a un grand H aussi.

J'ouvre la fiche Wikipédia d'Henri Malberg sur mon téléphone. Bonne tête : gros sourcils blancs, yeux vert clair entourés de fines lunettes. Malberg est fils d'immigrés juifs polonais. Son père est ancien mineur de fond. Enfant, il parle yiddish à la maison. En 1943, il a 13 ans, Henri est arrêté et interné au camp de Douadic avec ses parents. C'est là que les nazis font leur tri : ceux qu'il faut déporter, et ceux dont il faut garder les forces pour travailler. Il y reste jusqu'à la Libération, avant de retrouver son appartement, pas loin d'ici. En parallèle de son métier d'ouvrier métallurgiste, il rejoint le Parti communiste.

De 35 à 71 ans, Henri fait parti du conseil municipal de l'arrondissement. Les gens disent de lui qu'il est humaniste, engagé, optimiste. Quand il est jeune, il passe ses week-ends dans les bals populaires du quartier. Parce qu'il aime séduire et inviter des femmes à danser, et parce qu'il aime voir le monde se mélanger.

Toute sa vie, à la Mairie et au Parti, Henri Malberg se bat contre la spéculation immobilière. Il soutient les projets de construction d'habitats à loyer modéré, défend la loi de 1948 sur les loyers bloqués, met en garde contre les délocalisations des ateliers ouvriers… Sa philosophie : « Malgré la modernisation de la ville, les gens qui vivent là doivent pouvoir rester là. »

Le nom de sa compagne est en gras et m'invite à cliquer. Ah. Les hasards de l'Histoire. Elle est aujourd'hui chargée de « la mémoire et du monde combattant » à la Ville. C'est elle qui décide, pour les panneaux.

Je n'ai rien à ajouter ; Malberg est un homme admirable. Il vaut bien une place, même deux, même une ville entière. Mais Madame Rigoles existe elle aussi. Et elle le vaut bien, elle aussi. La fin de journée refroidie me remet dans la vie, l'action. Avancer, avec mes convictions.

Avec ce besoin de tout graver, même si le monde doit ressembler à un vide-grenier. Avant que l'Histoire ne nous avale. Avant qu'ils ne nous ravalent.

En rentrant, je passe devant la boutique de Şerdra. Elle est toujours là ! Il a tiré le rideau de fer, mais il y a quand même écrit OUVERT. Ça me rassure. Comme d'avoir croisé un survivant après une guerre. En marchant, je passe devant quatre agences immobilières qui n'étaient pas là avant. Récemment ouvertes, leurs vitrines allumées font du bruit sur le trajet ; leurs annonces sont toutes enguirlandées, pour mieux draguer celui qui pourrait s'arrêter. À vendre, à vendre, à vendre. Je pense *Pauvre monsieur Malberg et ses bals populaires*. S'il savait. Je me mets à lui parler. Dans ma tête ; ce truc que je fais en secret. Je dis que j'aimerais lui demander ce qu'il en pense, lui, de tout ça, de cette évolution qu'on fait reposer sur son nom. S'il m'entend, peut-il me dire ? Soudain, une apparition surgit devant moi et je le vois : dans un grand lit de nuages, sous une onctueuse barbe blanche. L'air gentil mais blasé, Malberg hausse les yeux au ciel. Il a l'air de trouver tout ça insensé. Et il disparaît.

Il est 21 heures et j'entends cliquer en cœur. Je m'apprête à partir du bureau, les autres restent. Demain matin, Field rend un dossier pour un projet d'hôtel à Lyon. Un truc énorme, dans un ancien parking en colimaçon. C'est le cousin de Romuald qui les a mis sur le coup. Un ami à lui a hérité du lieu, qui appartenait à son grand-père, une famille de constructeurs, et alors qu'il sortait d'un burn out hyper violent, le gars a tout plaqué pour monter son affaire. Trois mille mètres carrés de terrain, qu'il souhaite rendre totalement contemporains, entre façade en verre et conservation du bâti : sol, murs, poteaux, rampes en béton.

Si Field remporte l'appel, la suite est toute tracée. Le projet fait déjà parler de lui et Romuald n'arrête pas de répéter que, quand l'hôtel verra le jour, il séduira les clients étrangers. Il rêve d'avoir une commande pour un autre pays.

Pour tout finaliser, l'équipe va passer la nuit ici. Charrette mortelle, ils l'appellent. Bérénice a commandé à manger pour tout le monde. Elle bouillonne, bâille mais fait des blagues, adore cette énergie. Ça sent la sauce sucrée qui va avec les sushis.

Avant d'éteindre mon ordinateur, sur ma boîte mail, en bas de l'écran à droite, je suis ciblée par la pub d'une marque de baskets à trois traits. Une vidéo se déclenche toute seule et je crois rêver. De jeunes garçons et quelques célébrités se passent des balles dans le stade d'Issa. Les tours blanc cassé occupent l'arrière-plan. Comme un décor.

Je n'en reviens pas : voilà que la misère des Rigoles est stylée. Qu'elle fait vendre. Qu'on n'a rien réglé et pire encore, mais qu'on en redemande. Misère, belle misère adorée, brille de tes trous dans le mur et de ta pauvreté et markète nous cette nouvelle paire de pompes bien cirée.

Quand je me lève pour partir, Romuald et Bérénice me proposent de rester. Ils sont super excités. « Reste boire un coup ! Tu veux pas regarder ? Putain, on va tout éclater. » Je prétexte un rendez-vous, désolée mais je dois filer. Leur truc me dépasse. Et en même temps je les comprends : eux aussi veulent laisser une trace.

L'enterrement est samedi.

Suzanne sera enterrée sur son île, dans un cimetière situé à une centaine de mètres de chez elle. C'est le mois de septembre. Et c'est fini.

Paul, son fils, a demandé une permission exceptionnelle. Pour le décès d'un proche, il bénéficie de trois jours, week-end compris. Pour l'aider, je lui ai proposé de nous répartir les personnes à prévenir.

Avec ma mère, nous faisons le tour du répertoire et prévenons leurs anciens collègues. Tous ne viendront pas évidemment mais au moins, ils sauront. J'ai aussi fait passer un avis de décès dans le journal local de chez Suzanne et prévenu le maire de l'île ; ils s'étaient rencontrés plusieurs fois pour le travail qu'elle menait.

Mon père décide qu'il ne viendra pas. Il n'a pas « besoin » d'être là, dit-il, et cela ne me surprend pas. Au contraire, je me dis que Suzanne et la farouche liberté qu'ils avaient en commun l'auraient compris. Que si elle avait pu, Suzanne non plus ne serait pas venue.

Avant l'enterrement, je décide d'aller passer une journée chez Suzanne, seule. Ma mère ne comprend pas bien pourquoi je m'impose ça. Elle sait le travail que nous avons amorcé ensemble mais pas tout ce que Suzanne m'a amenée à penser. Je ne réponds pas et elle n'insiste pas. Chacun son jardin secret, elle dit. Toujours cette histoire de jardin.

Sur le bateau, je regarde le paysage passer depuis la vitre qui donne sur la cabine du capitaine. Je vois l'horizon devant, l'île se rapprocher. Je n'ai pas le mal de mer – ni même la peur de l'avoir – et je crois que je ne l'aurai plus jamais. Je veux honorer Suzanne. Faire tout bien.

À l'arrivée, personne ne m'attend évidemment et je dois marcher.

Sur le passage clouté, je repense à Esther Delivot et je souris. Je pleure un peu aussi mais toujours en souriant. Ça fait un an, et une boucle s'est bouclée. Suzanne va terriblement me manquer. Et en même temps, non. Je l'ai en moi, tout le temps, très fort. Elle irradie. Comme ces pendentifs autour du cou avec une divinité que les gens n'enlèvent jamais, ou ces gourmettes au poignet devenues si petites qu'il est impossible de s'en débarrasser, sauf à les casser.

Le portail de chez Suzanne est un peu ouvert. Un voisin a dû passer pour tout fermer. À l'intérieur, près de la porte, ses baskets sont sur le paillasson, à côté du chausse-pied. On dirait qu'elle vient de partir, et qu'elle va bientôt revenir.

Je traverse toutes les pièces très doucement, comme pour bien m'assurer que je suis vraiment seule. Il n'y a pas un bruit. Seulement le lit qui grince quand je passe à côté. Est-ce que sa maison s'est rendue compte de quelque chose ? Oui, les lieux savent.

Dans le salon, un coin du tapis est jonché de papiers et ouvert sur un grand cahier. Il y a aussi les épluchures d'une clémentine que Suzanne a mangée. Posés à côté, les pépins ont séché.

Je suis la seule à pouvoir lire les notes que Suzanne a prises. La seule à pouvoir les comprendre. Les mettre en ordre. Alors je me mets à lire. Je veux savoir où elle s'est arrêtée.

Carte postale du samedi 3 mars 65, trouvée dans boîte à chaussures. Flèche vers la droite → Suzanne a écrit : *Chaussures = Corel T 38, taille de ma mère, avec petites talonnettes et fermeture devant, couleur noire, prix : 280 francs. Je m'en souviens. C'étaient celles des soirs de restaurant.*

La carte est fixée en dessous avec une punaise :

Ma chère, ici tout va bien. Après-demain nous signons enfin un premier contrat. Et d'autres d'ici mon retour, croisons les doigts. Lucien m'amène dîner tous les soirs mais il est si bavard (tu le sais) que j'en sors chaque fois épuisé. Je me réjouis déjà de vous retrouver. As-tu bien recouvert le prunier ?

Je vous embrasse

Antoine

P.-S. je n'ai pas choisi la tour Eiffel car je ne la trouve pas si belle. Paris a bien d'autres merveilles. La prochaine fois tu m'accompagneras.

Sous la carte, Suzanne a indiqué → *60 = J'ai 9 ans, déjà le prunier.*

Entre les deux premières pages du cahier, au tout début, Suzanne a inséré la fiche contact des encombrants. Le prospectus est abîmé parce qu'elle a longtemps hésité à téléphoner. Elle m'en avait parlé. Sur la page d'après, il y a cette phrase, qu'elle a écrite sans suivre les lignes du cahier : *Une semaine que je suis là : je n'appellerai pas les encombrants. Rien ne m'encombre ici, sauf la mort.*

Mes muscles se contractent et j'ai l'impression qu'ils me soulèvent. Ça me fait ça quand c'est trop fort. Cela m'apparaît évident, je lirai cette phrase le jour de l'enterrement. Oui, si Paul est d'accord – et je suis certaine qu'il le sera –, je la lirai devant les gens présents. D'abord, j'expliquerai que Suzanne reposerait ici parce que c'était ici qu'elle avait choisi de déménager. Ensuite, je raconterai en quelques mots ce qu'elle avait entrepris ; simplement. Que parce que Suzanne détestait l'oubli, elle était revenue dans sa maison d'enfance pour réunir l'histoire de sa vie. Là, je lirai l'extrait : « Une semaine que je suis là : je n'appellerai pas les encombrants. Rien ne m'encombre ici sauf la mort. » Il y aura forcément des gens qui ne comprendront pas sur le moment mais je me dis que le sens leur viendra sûrement avec le temps. S'ils le veulent bien. En infusant. Comme ça l'avait fait pour moi, finalement, toute cette année.

Je range les papiers, sauf quelques-uns. Délicatement, je saisis l'acte d'achat du terrain, cartonné rose, et le pose sur l'étagère à l'entrée. Ensuite, près de la table, sur le buffet, j'installe devant la lampe la photo de la mère de Suzanne avec Joseph, le fils d'un voisin qu'ils ont caché pendant la guerre. À côté encore, debout contre le mur, je dépose son cahier. Voilà. Comme un autel, ou une exposition faite maison. Trois couches de temps, et de la place pour tous les absents.

J'ignore si je reviendrai un jour. Si la maison sera vendue. Si Paul va tout jeter ou si l'océan engloutira l'île de Suzanne. Quoi qu'il en soit, l'Histoire est là. Au complet. L'endroit parle et le temps peut continuer. Tiens, voilà, je sais, pour le panneau à l'entrée. Lieu-dit, L'Éternité.

J'enfile le K-Way violet que Suzanne laisse, laissait toujours dans l'entrée. Quand je sors de la maison, le ciel crache des caresses mouillées et rompt le trépas de cette journée. Il fait froid, les nuages sont lourds, mais ça va. Les escargots bavent, une gouttière goutte et nourrit une fougère, un coureur passe par là, bonjour, bonjour, et tout ça me fait du bien. Ça continue.

Sur la plage, je m'assois sur le banc en pierre face à la mer et envoie un message à Maba, pour prendre des nouvelles. Il ne répond pas.

Ce jour-là je ne me baigne pas. Mets juste un peu d'eau dans le creux de ma main et y renifle trois coups iodés avec mon nez. Suzanne le faisait, ça écarte les maladies de l'hiver, elle disait.

De retour à Paris, à l'agence, Marie me parle d'un endroit qui vient d'ouvrir, place Henri-Malberg. « Tu sais, l'endroit où on s'était retrouvées. » C'est le centre de bronzage désaffecté, il a été racheté et s'est transformé en cave à vin branchée.

Je réécris à Maba. Il ne répond pas.

Sur le terrain désormais déserté par les caméras, il pleut. Le stade est recouvert de flaques d'eau. Issa ferme les yeux.

Une plage.

Et des traces de pas qui creusent le sable mouillé. Issa court à côté.

Il suit les pas de quelqu'un d'autre.

Un autre rythme. Un autre pas. Un Autre. Pourquoi ne pas essayer ?

Il se rapproche. Court en allongeant ses foulées pour le rattraper.

Vas-y, encore plus loin, l'autre avait les jambes qui s'étiraient.

Quatre tours.

Il y est. Son pied dans l'empreinte creusée.

La forme est plus longue. Mais plus étroite aussi. Les pieds de l'Autre ne sont pas droits.

Sa respiration doit changer. Ses bras s'élancer différemment. L'Autre courait plus lentement.

Desserrer. Allonger. Et un, et un, et un, et un.

Six tours.

Son pied n'est pas stable, sa chaussure butte contre les bosses de sable.

Allez ! Il se tord, bancal, insiste. Essaye, allez ! S'évader. Prendre le large. Plier bagage.

Issa court à la recherche d'une vie normale.

Dix tours.

Ses hanches déraillent.

Il se relâche son pied trébuche sa cheville vrille. Allez… Barre-toi ! Regarde vers l'horizon ! C'est bon ! Prends ! C'est grand !

Il a un point de côté.

Douze tours.

Le vent siffle dans ses oreilles comme un moustique qui ne meurt jamais.

C'est désagréable.

Ça lui tire derrière le genou.

Une vie normale ? Mauvaise idée. L'Autre avait l'air de bien se faire chier. Élève modèle, jamais pressé. Gros, quand est-ce que tu décides de t'envoler ?

Seize tours.

Il pleut toujours. Issa est trempé.

Plus vite, et les pas de l'Autre derrière, s'effacer.

Issa a ouvert les yeux. Il fait gris mais la lumière du réverbère l'éblouit.

Une bille en caoutchouc s'est nichée sous son pied. Ça pique. Il faudrait l'enlever mais il ne veut pas s'arrêter. Pas de répit, pas de repos. La bataille. Aller au-devant, se présenter à elle, être plus fort. Se battre, même contre la bataille.

En avant, coup de poing, gauche, droite, uch, uch, et encore gauche, droite.

Issa décolle. Issa s'envole.

Encore un coup de poing et ça fait vingt – tours. Il s'arrête. Marche la bouche ouverte jusqu'à l'autre bout du terrain. Crache, et arrivé face au mur, pose ses mains. Sa tête regarde ses pieds. Ses tempes pulsent son cœur. Abandonner ? Jamais.

Épilogue

Un week-end, je vais chez ma mère. Elle vit en grande banlieue, dans un endroit où je me sens toujours très loin. J'aime y passer du temps, retrouver des odeurs, des choses d'avant. Son obsession pour les travaux n'a pas bougé. En ce moment c'est la cuisine, elle dit qu'il faut tout changer. Elle veut qu'on fasse « des plans ». Ça l'amuse, je crois, de dire ça, et de voir l'espace bouger quand elle me tend un carnet. J'essaye de lui faire entendre raison ; encore changer ? Mais c'est sans fin ! Qu'est-ce que tu cherches, maman, au fond ? Elle esquive, avec un sourire. Laisse-moi tranquille, ma fille. Elle sait. Elle a toujours un petit bout de jardin, mais plus grand qu'avant. La commune où elle s'est installée n'est pas encore étouffée par le prix au mètre carré.

Après le dîner, sur le canapé, nous parlons de Suzanne. Son drôle de caractère, et leur grande époque à toutes les deux, quand elles étaient au lycée. La soirée est plutôt gaie. Elle me demande des nouvelles de mon père. Pour la première fois, elle veut savoir s'il est heureux.

Pendant la nuit, je n'arrive pas à dormir et descends dans le salon. Depuis que je suis petite, ma mère a une commode dans laquelle elle range tout ce qu'elle considère précieux, en mélangeant tout, comme dans un coffre-fort. Elle y met des photos, des lettres, des factures, des boutons encore dans leurs sachets, des miroirs cassés mais qu'elle ne veut pas jeter et des cartouches de cigarettes, pour le jour où elle aurait envie de recommencer. Ce n'est pas un meuble interdit, je l'ai déjà ouvert plusieurs fois. Dans mon souvenir, les tiroirs grincent quand on les ouvre et les poignets en laiton doré claquent quand on les lâche. Je sais parfaitement ce que je veux y trouver.

Tiroir du bas. Celui des dossiers. Je soulève, une chemise en plastique, une autre, un classeur, puis un vieux dossier jaune, tout corné. Je le reconnais. Il a presque toujours été là, plus ou moins épais en fonction des années. Sur la page de couverture, au milieu, en gros et bien souligné, il y est écrit *Rigoles*. Au marqueur indélébile.

Je commence par la fin. Par les premiers papiers. Affamée, mais doucement quand même pour pouvoir tout savourer. Avec l'abat-jour rouge de la lampe allumée, les documents paraissent rosés, joyeux.

Le premier document date de 1958, date d'achat de la maison par la vieille dame aux mollets potelés. Madame Benadente. Noms, date et lieu de naissance, mariage et héritage, enfants, métier, financement du projet... Il y a tout. Le parfait début de comment l'histoire s'écrirait. Je précise ma récolte. Prends des notes et des photos. Mon cœur bat plus qu'il ne faut.

Palmira Ortiz et Ramon Benadente.

Mariés à la Parroquia de La Inmaculada Concepciòn de La Carolina, commune d'Andalousie.

Ils ont 21 ans.

1936. Hurlements, sirènes, tirs de fusils mitrailleurs envahissent les rues, les maisons, les conversations. Ramon part au front, rejoindre les républicains. Palmira reste à La Carolina. Elle va aider les beaux-parents à la forge. La vie ressemble à un film du mardi soir. Dans ses lettres, Palmira écrit qu'elle en a marre de la campagne, des vieux, de toujours être malheureuse. Sa tante a réussi à partir, pourquoi pas eux ?

Fin janvier 1939, quelques jours après la fin de la guerre et le début d'une autre, le couple quitte l'Espagne pour la France, à pied. Sur leur passeport, un tampon est posé, sous-titré de la liberté, l'égalité et la fraternité.

À peine le sol du Sud français et sa liberté caressés, les tourtereaux sont enfermés dans ce que l'on appelle alors tantôt un « centre de rassemblement des étrangers », tantôt un « camp ». Plus tard, quand leur fils Bruno posera des questions, Palmira changera de sujet : mets la table, et l'école ?, ton pantalon est encore troué. Après cette élipse spatio-temporelle bien méritée, Palmira et Ramon achètent un local dans le XXe arrondissement. Ils ouvrent un atelier de ferronnerie. Le rêve reprend peu à peu ses esprits.

À cette époque, les clients de la boutique ne le sauront jamais mais quand le rideau de fer est tiré, le couple installe un matelas par terre et dort au milieu des marteaux encore chauds et des grilles pas encore terminées. Ramon travaille sans cesse. L'affaire marche.

Épilogue

En 1949, Palmira et Ramon sont naturalisés français et achètent une maison tout près de leur boutique. 87, rue des Rigoles. Sur la page du contrat d'achat, leurs signatures au stylo à plume se mêlent aux caractères d'imprimerie. À côté de la mention *lu et approuvé*, Palmira a signé avec de hautes boucles qui courent sur plusieurs centimètres, et Ramon avec des petits ronds qui tentent d'écrire son nom. Il n'a jamais appris à écrire.

87, rue des Rigoles. C'est là que Bruno Benadente grandit, c'est là que Ramon soufflera sa dernière bougie, et une pile de papiers plus tard, cinquante et un ans plus tard, c'est là que se fera notre arrivée. Ce jour-là, le jour où mes parents signent la promesse d'achat, il est écrit que Palmira Benadente est domiciliée à la Maison des Amandiers, une « résidence seniors », tout près de là où vit Bruno. Les couloirs sentent la pâte à modeler et elle a pu y apporter quelques-unes de ses poupées (pas toutes, « pour des raisons de sécurité »). Ils signent, ma mère avec son nom entier et mon père avec juste la première lettre. Une page se tourne.

À la fin de ce dossier, toujours à l'intérieur mais dans une pochette en plastique séparée, un autre paquet renferme l'après. Quand nous sommes partis et que d'autres sont arrivés. Cette partie-là, je n'y étais pas, je ne la voulais pas, alors je décide de ne pas l'ouvrir. En tout cas pas cette nuit.

En refermant le tiroir, tout doucement pour ne pas faire de bruit, je sens des tremblements dans mes bras, qui se faufilent jusque dans mon ventre.

C'est bon. Je suis plus que jamais décidée à écrire l'histoire de cette épopée.

Si j'y arrive, le récit sera un voyage, un hommage. Un tableau, dans lequel les couleurs se mettraient à bouger. Un lieu raconté, à tout jamais immortalisé, pour dire combien tout ça a compté. Une prière au lieu, en fait.

Note de l'auteure

Des mois après tout ça, un soir, dans la rue, dans un autre coin où fleurissent les projets immobiliers, je croise Jimmy, mon « parrain » en classe de CP. À l'époque, il était chargé de m'aider pour cette première année de vraie scolarité. Tous les nouveaux élèves en avaient un, de marraine ou de parrain, et je me souviens que j'aimais bien. Nous nous reconnaissons tout de suite et nous faisons la bise. Sa femme habite pas loin, il la rejoint.

Naturellement, Jimmy me propose un Actimel. Il vient d'en acheter, un pack de douze, prends-en un, j'en ai plein. Puis il me demande ce que je fais comme métier. Je réfléchis très vite puis je me lance : j'écris un livre sur l'endroit où nous avons habité. Il répond « des barres », puis reprend, plus doucement : « Mais… sérieux ? Les

Rigoles dans un livre ? » Il est surpris mais poursuit : « C'est bien. Vas-y, tu nous diras ? »

Aujourd'hui, je vous le dis.

Remerciements

Merci,

à mes parents, sans qui tout aurait été autrement.

à Martin, pour tout et encore plus.

à Zélie, pour les cordes à sauter, les histoires de béton, de quartiers privatisés.

à Marianne P., Noël D.T., Anne M., pour m'avoir partagé des bouts de leur métier.

à mes grands-mères, pour toutes leurs belles manières, que j'aime.

à Clo, ma longue-vue toujours là, et qui connaît tout ça.

à Serge et Vincent, anges gardiens de la Corniche.

à Constance, mon éditrice au regard tendre, pour m'avoir dit *OUI* et pour m'avoir appris.

à Abdoulaye et ses filles, pour avoir accepté de boucler ma boucle, sur deux fois quatre roues, tout droit, vers l'infini et au-delà.

à tous les personnages de ce livre, qui se reconnaîtront peut-être, « dans la vraie vie ».

NB : tous les endroits traversés pendant l'écriture de ce récit ont évidemment fait l'objet d'une prière au lieu… Merci aussi à eux, Montpellier, Brest, Sorbo, Syracuse, Belle-Île, Paris, Bagnolet, Le Stade.

CET OUVRAGE A ÉTÉ COMPOSÉ PAR PCA
POUR LE COMPTE DES ÉDITIONS J.-C. LATTÈS
17, RUE JACOB, 75006 PARIS
ET ACHEVÉ D'IMPRIMER
PAR GRAFICA VENETA (35010 TREBASELEGHE)
EN SEPTEMBRE 2021

N° d'édition : 01
Dépôt légal : octobre 2021
Imprimé en Italie